*Der Clan der Vampire (Venedig 5)* ist ein fiktives Werk. Namen, Charaktere, Orte und Geschehnisse wurden erfunden. Jegliche Ähnlichkeit mit wirklichen Orten, Ereignissen, oder Personen, lebend oder verstorben, sind zufällig.



Große Druckausgabe

Cover design: PickyMe

Lektorat: Birgit Oikonomou

Autorenfoto: ©Marti Corn Photography

## Bücher von Tina Folsom

Samsons Sterbliche Geliebte (Scanguards Vampire – Buch 1)

Amaurys Hitzköpfige Rebellin (Scanguards Vampire – Buch 2)

Gabriels Gefährtin (Scanguards Vampire – Buch 3)

Yvettes Verzauberung (Scanguards Vampire – Buch 4)

Zanes Erlösung (Scanguards Vampire – Buch 5)

Quinns Unendliche Liebe (Scanguards Vampire – Buch 6)

Olivers Versuchung (Scanguards Vampire – Buch 7)

Thomas' Entscheidung (Scanguards Vampire – Buch 8)

Ewiger Biss (Scanguards Vampire – Buch 8 1/2)

Cains Geheimnis (Scanguards Vampire – Buch 9)

Luthers Rückkehr (Scanguards Vampire – Buch 10)

Brennender Wunsch (Eine Scanguards Hochzeit)

Blakes Versprechen (Scanguards Vampire –

Buch 11)

Schicksalhafter Bund (Scanguards Vampire - Buch 11 1/2)

Johns Sehnsucht (Scanguards Vampire - Buch 12)

Ryders Rhapsodie (Scanguards Vampire - Buch 13)

Damians Eroberung (Scanguards Vampire - Buch 14)

Graysons Herausforderung (Scanguards Vampire - Buch 15)

Geliebter Unsichtbarer (Hüter der Nacht - Buch 1)

Entfesselter Bodyguard (Hüter der Nacht - Buch 2)

Vertrauter Hexer (Hüter der Nacht - Buch 3)

Verbotener Beschützer (Hüter der Nacht - Buch 4)

Verlockender Unsterblicher (Hüter der Nacht - Buch 5)

Übersinnlicher Retter (Hüter der Nacht - Buch 6)

Unwiderstehlicher Dämon (Hüter der Nacht - Buch 7)

Ace - Auf der Flucht (Codename Stargate - Band 1)

Fox - Unter Feinden (Codename Stargate - Band 2)

Yankee - Untergetaucht (Codename Stargate -

Band 3)

Tiger – Auf der Lauer (Codename Stargate – Band 4)

Ein Grieche für alle Fälle (Jenseits des Olymps – Buch 1)

Ein Grieche zum Heiraten (Jenseits des Olymps – Buch 2)

Ein Grieche im 7. Himmel (Jenseits des Olymps – Buch 3

Ein Grieche für immer (Jenseits des Olymps - Buch 4)

Der Clan der Vampire (Venedig 1 – 5)

Begleiterin für eine Nacht (Der Club der Ewigen Junggesellen – Buch 1)

Begleiterin für tausend Nächte (Der Club der Ewigen Junggesellen – Buch 2)

Begleiterin für alle Zeit (Der Club der Ewigen Junggesellen – Buch 3)

Eine unvergessliche Nacht (Der Club der Ewigen Junggesellen – Buch 4)

Eine langsame Verführung (Der Club der Ewigen Junggesellen – Buch 5)

# Eine hemmungslose Berührung (Der Club der Ewigen Junggesellen - Buch 6)

# Der Clan der Vampire (Venedig 5)

Marcello & Jane

Tina Folsom

# 1

Zusammen mit seinem Freund und Mitvampir, Carlo Bianchi, stapfte Marcello Sebastiani über das regennasse Kopfsteinpflaster im Zentrum Venedigs. Er hatte Carlo in der Nähe der Piazza San Marco getroffen, und jetzt waren sie auf dem Weg zu der Villa, die Carlo zwei Tage zuvor erstanden hatte. Sie lag ein paar Häuser weiter östlich von Marcellos eigenem Palazzo. Marcello und Carlo wollten sich vergewissern, dass das neu erworbene Haus geräumt worden und für Carlos Umzug bereit war.

Marcello war jedoch an diesem nebligen Herbstabend schlecht gelaunt. Gerade hatte er seinen Anwalt aufgesucht und erfahren, dass es ein Problem mit seinem eigenen Anwesen gab. Anscheinend konnte das Grundbuchamt von Venedig keinerlei Aufzeichnungen finden, die bestätigten, dass Marcello der rechtmäßige Eigentümer des Palazzos war. Oder dass Marcello Sebastiani überhaupt existierte, da auch keine Geburtsurkunde aufzufinden war. Deshalb verlangte der Grundbuchbeamte, dass Marcello diese Sache klärte, oder er würde riskieren, sein Haus zu verlieren.

Es war ein lächerlicher Versuch der Stadt, das Haus zu beschlagnahmen, das schon seit Jahrhunderten in seinem Besitz war. Allerdings waren die Eigentumsunterlagen in der Tat nicht vollständig.

Doch wie bewies ein Mann, dessen Papiere alle verloren gegangen waren, wer er wirklich war? Insbesondere, wenn dieser Mann schon seit fünf Jahrhunderten lebte und vor Jahrzehnten den Namen seines eigenen

Großvaters angenommen hatte, um das Haus, das ursprünglich im 13. Jahrhundert erworben worden war, als Eigentümer zu behalten?

Sein Anwalt hätte diese Angelegenheit vorhersehen und dafür Sorge tragen sollen, dass gefälschte Urkunden erstellt wurden. Doch etwas war schief gelaufen. Jetzt wurden Fragen aufgeworfen, die Marcello nicht beantworten konnte, wenn er sein Geheimnis bewahren wollte. Er musste einen Weg aus dieser Zwickmühle finden.

„Glaubst du, dass die Hüter etwas mit deinen Problemen zu tun haben?“, fragte Carlo.

Die Hüter des Heiligen Wassers waren eine Gruppe von Vampirjägern, die es sich zur Aufgabe gemacht hatten, jeden einzelnen Vampir Venedigs zu töten. Viele seiner Freunde waren schon in Auseinandersetzungen mit ihnen geraten. Es war wichtig, ständig wachsam und auf weitere Angriffe vorbereitet zu sein.

„Das würde bedeuten, sie vermuten, dass ich ein Vampir bin. Und dass sie Verbindungen zur Stadtregierung haben. Nein, das glaube ich nicht."

„Dann behaupte einfach, dass deine Geburtsurkunde in einem Feuer zerstört wurde", schlug Carlo vor. „Das hat bei einigen unserer Freunde auch funktioniert."

Die Vampirbevölkerung in Venedig war relativ klein. Marcello kannte fast jeden und war mit mindestens der Hälfte von ihnen gut befreundet. Er und eine Gruppe seiner engsten Freunde sicherten sich zurzeit Häuser entlang eines kleineren Kanals, um dort eine Art Festung zu erstellen. Alle Häuser würden durch überdachte Gehwege verbunden sein, die dazu dienten, ihrem schlimmsten Feind, der Sonne, zu trotzen. Zusammen würden sie eine Zitadelle gegen ihre Feinde, die Hüter, errichten.

„Ich dachte, du vertraust deinem Anwalt."

„Tue ich auch. Doch er starb vor zwei Jahren und sein Sohn übernahm seine Arbeit. Man versicherte mir, dass er gut geschult und vertrauenswürdig ist. Ich vertraue ihm. Aber er hat einen Fehler gemacht. Und diesen Fehler muss ich jetzt korrigieren."

Marcello blieb neben Carlo auf der gegenüberliegenden Straßenseite von Carlos neuem Haus stehen. Es war kleiner als Marcellos Villa; nur drei Etagen hoch und die steinerne Fassade war mit Ruß verschmutzt und zeigte an den Fenstern und um den Eingang herum Brüche. Das Gebäude bedurfte einer Renovierung.

„Es sieht aus, als hätte jemand die Eingangstür offen gelassen.“ Marcello schnupperte. Alles Ungewöhnliche mit Misstrauen anzusehen, war ihm wie angeboren. Und nachts - es war bereits neun Uhr - hielt er immer ein Auge für die Hüter des Heiligen Wassers, die Erzfeinde der Vampire, offen.

„Vermutlich transportieren sie gerade die Möbel weg“, meinte Carlo und überquerte die Straße.

„Wenn es so wäre“, sagte Marcello und folgte seinem Freund, „dann würde hier ein beladener Wagen stehen. Meinst du nicht auch? Sei vorsichtig, Carlo.“

Die beiden hielten vor der offenen Haustür an. Marcello berührte die Tür, während er lauschte. Sein überempfindliches Gehör hätte eine Maus hören können, die über die Bodendielen eilte. Doch stattdessen hörte er ... ein Schluchzen.

Marcello stürmte in das Gebäude, darauf gefasst, sich und seinen Freund gegen das zu verteidigen, was auch immer im Inneren auf sie lauerte. Doch stattdessen erspähte er zwei Frauen und ein Pianoforte, auf dem ein schmiedeeiserner Kerzenständer funkelte. Eine der Frauen stand neben dem vergoldeten Instrument und zuckte zusammen, als sie ihn und Carlo erblickte. Die andere hatte sich halb über das Pianoforte geworfen und schluchzte.

Alarmiert durch ihre schweren Schritte, schoss nun auch die verstörte Frau hoch und wirbelte herum, während sie mit ihrem Handrücken die Tränen aus ihrem Gesicht wischte.

„Was geht hier vor sich?“, verlangte Carlo zu wissen.

Die Frau, die neben dem Pianoforte gestanden hatte, machte einen Knicks. „Signori.“ Die Brünette trug ihr Haar in einem strengen Knoten. Ein enger Mantel bedeckte ihre rundliche Figur sowie das schlichte, braune Kleid.

Die andere Frau strich sich eine schwarze Locke von ihrer tränennassen Wange und warf ihnen einen neugierigen Blick zu. Gekleidet in ein hellblaues Kleid mit Bändern, die sich auf ihrem Mieder überkreuzten, sah sie verletzlich aus, selbst wenn sich jetzt ihre Wangen rot färbten und die Blässe aus ihrem Gesicht wich. Marcello konnte sich ihrer Ausstrahlung und Schönheit nicht entziehen.

Selbst wenn sie ein Eindringling war.

„Sind Sie Freunde von Signor Ricci? Möglicherweise dessen Anwälte?“, fragte die Schwarzhaarige zögerlich. „Wir haben gerade erst von seinem Tod erfahren. Er starb erst vor ein paar Tagen. Leider…“ Sie drückte ihren Handrücken an ihre Stirn.

Marcello war sich nicht sicher, ob sie schauspielerte oder ernsthaft verstört über Signor Riccis Tod war. Normalerweise hatte er kein Problem, zwischen Realität und Schauspielerei zu unterscheiden. Doch bei dieser Frau war er sich ganz und gar nicht sicher.

„Dies ist der neue Eigentümer“, sagte Marcello und deutete auf Carlo. „Und wer, darf ich fragen, sind Sie, Signore, und warum befinden Sie sich in diesem Haus?“

„Ein neuer Eigentümer?“ Die schwarzhaarige Schönheit trat um das Pianoforte herum und musterte sie beide mit einem abschätzenden Blick. Und Interesse.

Marcello tauschte einen Blick mit Carlo aus und hob seine Augenbrauen. Mit gutem Grund: Er war noch nie von einer scheinbar zivilisierten Frau so offensichtlich mit den Augen entkleidet worden.

„Es freut mich, Ihre Bekanntschaft zu machen. Ich heiße Jane Emery.“ Sie bot ihre Hand an, die sowohl er als auch Carlo nur anstarrten. Als keiner ihre Hand küsste, gestikulierte sie über ihre Schulter. „Und das ist meine Zofe, Prudence. Wir sind gerade von London angereist. Es war eine ermüdende und anstrengende Reise, schlechte Kutschen, holprige Wege, scheue Pferde. Meine Nerven hängen an ihrem letzten Faden. Und als wir ankamen, mussten wir erfahren, dass mein

Mäzen, Signor Ricci, verschieden ist. Sie müssen verstehen, ich spiele das Pianoforte.“ Sie wandte sich zu dem Instrument und ließ ihre Finger über die Tasten gleiten, doch die Töne, die sie dadurch produzierte, klangen verstimmt. „Ich liebe Händel, Sie nicht auch?“

Marcello fehlten die Worte.

„Wir hatten keine Ahnung, das Miladys Gönner verstorben ist“, fügte Prudence mit ruhiger Stimme hinzu. „Es ist eine Tragödie.“

„Für mich“, fügte Jane schnell hinzu. „Ich kann nirgendwo anders hin.“ Sie gestikulierte zu einigen Reisekoffern aus rotem Leder, die neben der Tür aufgestapelt waren. „Ich sollte im Hause von Signor Ricci wohnen, während er die feinsten Tutoren für mich engagierte, um meine Musikstudien fortzusetzen. Ich verkaufte mein Haus und alle meine Habseligkeiten. Doch als wir in Venedig ankamen ... Oh!“ Sie plumpste mit einer Wucht auf die Bank vor dem Instrument, dass der ganze Fußboden zu erbeben schien, und stützte ihren Kopf in ihre Hände.

„Wir wurden ausgeraubt. All unser Geld ist

weg“, erklärte Prudence in ernstem Ton. Sie trat näher und sprach nun direkt zu Marcello. „Bitte verzeihen Sie ihr. Meine Herrin hat eine Tendenz zur Dramatik.“

„Das kann ich sehen.“ Marcello war sich unsicher, wie er mit dieser Frau umgehen sollte.

Jane sah plötzlich hoch. „Ich habe Ihre Namen nicht mitbekommen.“

„Carlo Bianchi,“ antwortete Carlo, „und das ist Signor Marcello Sebastiani.“

„Freut mich, Signori.“

Carlo strahlte, von dem Charme der Dame sichtlich eingenommen.

Marcello ließ sich nicht so schnell einwickeln. „Sie beide können nicht hier bleiben. Das Haus wird gerade ausgeräumt. Ich bin mir sicher –“, er gestikulierte zu dem Pianoforte, „– dies hier ist höchstwahrscheinlich auf dem Weg ins nächste Feuer. Außerdem gehört das Haus nun uns, ich meine, Signor Bianchi hier.“

„Ihnen? Sie beide sind ...?“ Jane schaute von einem zum anderen. Was wollte sie mit ihrem Blick andeuten?

„Absolut nicht“, stellte Carlo richtig. „Meine Frau erwartet mich zu Hause. Marcello und ich sind Freunde. Haben Sie eine Unterkunft, während Sie hier in Venedig sind?“

„Wir wurden ausgeraubt!“ Jane stand auf und zeigte ihre Handflächen, um ihre Aussage zu unterstreichen. „Wir haben nichts! Nichts außer meinem musikalischen Talent.“

Marcello bemerkte, wie Prudence hinter ihrer Gebieterin die Augen verdrehte.

„Ich habe keine Ahnung, was ich machen soll“, fuhr Jane fort. „Ich kann nicht nach London zurückkehren.“

„Warum nicht?“, fragte Marcello. „Ihre Familie wird doch sicherlich –“

„– erwarten, dass ich bleibe, um meine Studien weiterzuführen. Nach London zurückzukehren, steht außer Frage, Signor Sebastiani. Was mache ich jetzt nur? Oh du liebe Güte!“ Sie wrang ihre Hände und musterte ihn mit einem schüchternen Flattern ihrer Wimpern. „Sie sagten, Sie wohnen in der Nähe?“

„Ich, äh …“ Er hatte keine solche

Bemerkung gemacht. Oder etwa doch? „Oh ... nein.“

„Doch“, sagte Carlo und stieß Marcello mit seinem Ellbogen in die Seite. „Du hast doch ein großes Haus, mein Freund. Warum lädst du die Damen nicht ein, bei dir zu wohnen, während sie sich woanders etwas Dauerhaftes suchen?“

„Weil ich keine Pension betreibe“, antwortete er schroff.

Und außerdem war er auf das englische Volk nicht scharf. Sie waren neugierig, hochnäsig und einfach unerträglich. Trotz der Schönheit der Frau und der Art, wie sie mit ihren dunklen Wimpern flirtete, wollte er sie nicht in seinem Haus haben. Er hatte schon genug am Hals. Schließlich musste er mit einer Geburtsurkunde aufwarten und diese verdammte Code-Liste mit den Namen der Hüter des Heiligen Wassers entschlüsseln.

„Carlo und ich eskortieren Sie zu einer Pension, wenn die Damen das wünschen.“

„Aber verstehen Sie denn nicht?“ Jane schlug ihre geballte Hand auf ihren Oberschenkel. Es war eine dumme Bewegung und vollkommen wirkungslos, doch sonderbarerweise merkwürdig entzückend. Sie wirkte so zierlich und so verwundbar. „Wir wurden ausgeraubt. Jetzt muss ich mich auf die Güte von Fremden verlassen. Doch diese Güte kommt wohl nicht von Ihnen, Signor Sebastiani. Komm, Prudence. Vielleicht können wir an den Docks betteln. Ich bin sicher, wir werden es schaffen, genug für eine Nacht in einer Pension zu ergattern."

„Aber, Milady!"

„Was, Prudence?"

Die Zofe blickte flehend zu Carlo und Marcello. Marcello hatte das Gefühl, dass er von Experten manipuliert wurde. Die Frauen konnten nicht an den Docks betteln gehen. Eine oder beide würden ihre Röcke hochheben müssen, um Geld zu verdienen. Und keine der beiden hatte den Anschein, als ob ihr das bewusst wäre.

Wider besseres Wissens zog das Flattern der Wimpern Marcellos Aufmerksamkeit auf Janes blaue Augenfarbe, dann zu ihrem hellblauen Kleid. Er liebte blaue Augen. Sie erinnerten ihn an den Himmel, den er nie bewundern konnte, da die Sonne ihn töten würde.

Die Wimpern verstärkten ihr Flattern.

Ach, zur Hölle.

„Eine Nacht“, sagte er schroff. „Eine Nacht dürfen Sie in meinem Haus bleiben.“

# 2

Der Eingang von Signor Sebastianis Haus war weitläufig und opulent. Jane bemerkte gleichzeitig den Mangel an Gemütlichkeit, während sie über den weißen Marmorboden schritt und dem Mann folgte, an dessen Schultern sie nicht einmal vorbeisehen könnte, selbst wenn sie auf ihren Zehenspitzen gehen würde. Marcello Sebastiani war zu groß, zu wuchtig, zu ... männlich.

„Adamo."

„Signore." Ein hagerer Bediensteter in grauer Livree und mit geschniegeltem Haar grüßte seinen Gebieter und nahm dessen feinen, schwarzen Damastmantel entgegen.

Nachdem Marcello – warum sie ihn in ihrem Geist bei seinem Vornamen nannte, wusste sie nicht – ein paar Worte mit Adamo gewechselt hatte, wandte er sich an Jane und Prudence. Er war ein männliches Prachtstück: gut aussehend, groß, mit schwarzem Haar. Seine Augen waren so braun wie die reiche, fruchtbare Erde. Ein Stoppelbart konnte sein quadratisches Kinn nicht verstecken. Er wirkte nicht elegant, sondern eher rustikal mit den breiten Schultern und imponierenden Muskeln, die seine Damastweste und die Nähte an seinem Hemd am Bizeps dehnten.

Er war ein Mann, der mit Sicherheit in einem überhitzten Ballsaal inmitten der gezierten Herren, die nach Lavendelwasser stanken und um die Tanzkarten der anwesenden Damen konkurrierten, fehl am Platze war. Nein, Marcello Sebastiani wirkte viel besser in der Dunkelheit seiner Empfangshalle. Hier gehörte er hin. Hier war er Herr und Gebieter. Hier war sein Wort Befehl.

Bei dem Gedanken prickelte plötzlich Janes Haut.

„Adamo wird Sie zu Ihrem Gemach führen. Nur für heute Nacht“, fügte er hinzu. „Haben Sie eine Rückfahrkarte nach England?“

„Ich erwarb nur eine Einzelfahrt“, sagte Jane, während sie an Marcello vorbei die wuchtige Mahagonitreppe zum ersten Stock hinaufblickte. „Es war geplant, dass ich bei meinem Mäzen einquartiert würde, wie ich Ihnen bereits erklärte. Ich benötige etwas Zeit, um Vorkehrungen zu treffen.“

Sie bemerkte, wie Marcello missbilligend zuckte. War sein Angebot wirklich nur für eine Nacht gewesen? Oder konnte Sie ihn dazu bringen, ihr etwas länger auszuhelfen? Sie hatte Glück gehabt, dass er derjenige war, der sie und Prudence in Signor Riccis Villa angetroffen hatte. Ein anderer hätte sie vielleicht sofort verwiesen. Und was würde dann aus ihr werden? Und aus ihrer Zofe, die keinerlei Wahl gehabt hatte, mit ihr nach Venedig zu reisen? Jane war nicht nur für sich selbst verantwortlich, sondern auch für Prudence. Irgendwie musste sie versuchen,

Marcello dazu zu bringen, ihr zu helfen. Denn sie konnte von nirgendwo anders Hilfe erwarten. Vor allem nicht aus England.

„Ich beauftrage meinen Anwalt, die Vorbereitungen für Ihre Abfahrt zu beschleunigen“, bot Marcello an. „Wenn Sie mich bitte jetzt entschuldigen würden. Ich muss mich um geschäftliche Dinge kümmern.“ Er wandte sich ab.

„Ist es für Geschäfte nicht schon etwas spät?“, fragte Jane, begierig darauf, ihren Gastgeber besser kennenzulernen.

Er hielt inne und wandte seine Aufmerksamkeit wieder ihr zu. „Meine Arbeitszeiten sind ungewöhnlich, Miss Emery.“

„Ich verstehe. Was geschieht mit dem Pianoforte?“, fragte Jane, während sie ein paar Stufen die weiße Marmortreppe hinaufschritt. „Sagten Sie nicht, dass Sie es holen lassen würden, da es aus Signor Riccis Villa entfernt werden müsste? Dann könnte ich weiter üben.“

„Sagte ich das?“ Er wechselte einen Blick mit seinem Bediensteten, und dieser zuckte mit den Schultern. „Ich bezweifele, dass ich dem zustimmte, wo Sie doch nur kurzfristig bleiben.“

Jane seufzte laut. Und um dem Seufzer noch mehr Ausdruck zu verleihen, ließ sie ihren Kopf auf ihre Brust fallen.

Mit offenem Mund musterte Marcello sie.

Sie starrte ihn an, so wie sie es von ihren Schwestern gelernt hatte: mit einem unschuldig wirkenden Augenaufschlag, der alles andere als unschuldig war. Der Blick sollte Mitleid heraufbeschwören, und wann immer ihre Schwestern sich so benommen hatten, hatte sie es gehasst, doch jetzt musste selbst sie auf so eine manipulative Art zurückgreifen, eine Art, die ihr nicht eigen war. Sie hasste es, unehrlich zu sein, doch sie hatte keine Wahl. Sie musste die Hilfe dieses Mannes gewinnen. Denn nach England zurückkehren konnte sie unter keinen Umständen.

Marcellos Hand ballte sich zu einer Faust, doch nach ein paar Sekunden löste sie sich wieder. Offensichtlich kämpfte er mit sich selbst. Sie hoffte, seine gütige Seite würde gewinnen.

„Das Pianoforte“, sagte er knapp. „Adamo?“

Der Diener verbeugte sich. „Ich kümmere mich unverzüglich darum, Signore.“

„Sehr gut. Signora, Sie sind den Rest des Abends auf sich selbst gestellt. Ich bin sicher, Sie sind müde von Ihrer Reise. Adamo wird dafür sorgen, dass ein Diener Essen auf Ihr Zimmer bringt.“ Er verbeugte sich fast unmerklich und verschwand schnell, bevor sie sich noch bedanken konnte.

Adamo eilte an Jane vorbei die Treppe hinauf und gestikulierte ihr und Prudence, ihm zu folgen. Der große Raum am Ende einer langen Halle im zweiten Stock, zu dem er sie geleitete, war mit rotem Damast ausgestattet. Sowohl die Wände als auch die Vorhänge waren damit dekoriert. Goldquasten hingen an der Überdachung des Himmelbettes. Adamo öffnete die Vorhänge und ließ das Mondlicht in den Raum scheinen. Dann verbeugte er sich vor Jane und Prudence und versprach, mit einer leichten Mahlzeit und ihrem Gepäck zurückzukehren.

Jane wandte sich Prudence zu, die an der Tür stehengeblieben war, beide Hände auf ihre großzügigen Hüften gestemmt. Die Stirn der Zofe war gerunzelt und sie sah scheltend aus.

„Züchtige mich nicht so“, sagte Jane. „Ich habe uns eine Übernachtung besorgt. Dafür solltest du dankbar sein.“

„Dem Signore ist es nicht recht, dass wir hier sind.“

„Er hätte uns nicht eingeladen, wenn er uns nicht zumindest hier dulden würde. Er hat irgendwo ein Herz. Setz dich doch, Prudence. Du bist schon auf den Füßen, seit wir in Venedig angekommen sind. Entspanne dich.“

„Wie soll ich mich entspannen, wo wir doch nach heute Nacht wieder auf der Straße stehen werden?“

„Werden wir nicht.“

Prudence schüttelte den Kopf. „Haben Sie den Signore denn nicht gehört? Er beauftragt seinen Anwalt, uns Fahrkarten nach England zu besorgen, damit er uns los wird.“

„Ich gehe nie wieder nach England zurück. Das kann ich nicht. Und das weißt du auch.“

Prudence seufzte und plumpste auf die üppige Ottomane, die am Fuße des enormen Bettes stand.

Jane nahm ihre Handschuhe ab und legte sie sorgfältig auf die Bettdecke. „Wir werden hierbleiben, solange es geht. Ich glaube, Signor Sebastiani könnte ein ausgezeichneter Gönner werden."

Prudence hob ihren Kopf und starrte sie fassungslos an.

„Glaube mir, das werde ich schaffen", versprach Jane, obwohl sie sich dessen nicht sicher war. Noch nie hatte sie jemanden so manipuliert und sie wusste auch überhaupt nicht, wo sie anfangen sollte. Doch zu Prudence meinte sie: „Ich habe ausreichend weiblichen Charme."

„Dann helfe uns der Allmächtige."

# 3

Marcello setzte sich in seinem Bett auf. Er betrachtete die Kerze, die neben seinem Bett brannte, und schätzte, dass etwa drei Stunden vergangen waren, seit er schlafen gegangen war. Was bedeutete, dass es etwa neun Uhr morgens war. Und er stand nie vor dem späten Nachmittag auf.

Doch etwas hatte ihn geweckt. Lärm. Lärm, der nicht enden wollte. Schiefe Geräusche. Schrille Laute. Jemand versuchte anscheinend, eine Melodie zu komponieren, die für einen Ballsaal gedacht war – scheiterte jedoch bei dieser Aufgabe kläglich.

Er glitt aus dem Bett, nur mit seiner seidenen Schlafhose bekleidet, und verließ sein Schlafgemach, um dem Lärm auf den Grund zu gehen. Er eilte die Treppe hinunter zu dem leeren Ballsaal im Erdgeschoss, in den seine Bediensteten in der Nacht zuvor das Pianoforte gestellt hatten, weil sie nicht gewusst hatten, was sie sonst hätten damit machen sollen.

Im Ballsaal attackierte Jane Emery die Tasten mit lebendiger Begeisterung, wobei ein sonderbar ruhiger Ausdruck ihr liebliches Gesicht einnahm. Ihre Augen waren geschlossen, ihr Mund leicht geöffnet. Als wäre sie in Ekstase. So einen Ausdruck sah er auf dem Gesicht einer Frau im Allgemeinen nur, wenn er über sie gebeugt war und seinen gierigen Schwanz in ihre süße Hitze stieß, bis sie vor Freude sang. Bei dem wollüstigen Gedanken musste er lächeln.

Bis noch mehr fehlerhafte Töne erklangen.

„Das ist ja schrecklich“, murmelte er.

Als Jane plötzlich aufhörte und ihre Augen aufriss, wurde ihm klar, dass er seine Meinung laut kundgetan hatte. Sie sah ihn verärgert an.

Marcello zuckte mit den Schultern. „Ich dachte, Sie sagten, Ihr Gönner unterstützte Ihre musikalischen Studien."

„Das hatte er beabsichtigt. Doch leider verstarb er, bevor er sich darum kümmern konnte."

„Hat er Sie jemals spielen hören?"

Verärgert verschränkte sie die Arme vor ihrer Brust und drehte sich auf der Bank sitzend ganz zu ihm um. Ihr Haar war hochgesteckt, doch einige Strähnen hingen wie sanfte Bänder von der Frisur, kitzelten ihre Wangen und umrahmten ihren rosa Mund. Ein küssbarer Mund. Das hatte er am Abend zuvor gar nicht wahrgenommen. Diese Lippen verdienten zur Bestrafung einen Kuss, der sie rot färben würde. Und dann würde ihr Gesicht zweifellos diesen freudigen Ausdruck annehmen, den er an einer Frau am liebsten sehen wollte.

Doch für diese Art des Denkens war es viel zu früh. Verdammt, es war zu früh, um überhaupt wach zu sein.

„Der Grund, warum mein Gönner mich unter seine Fittiche zu nehmen gedachte, war der, meine musikalischen Künste zu verbessern“, sagte die Engländerin kühl. Ihr Blick wanderte von seinem Gesicht zu seiner Brust, wo er für einen Augenblick verweilte, bevor sie ihr Kinn mit einer ruckartigen Bewegung hob und einen Atemzug einsog. „Ich glaube, mein Mozart wird immer besser.“

„Das war Mozart? Gut, dass der Mann tot ist. Ich bin mir nicht sicher, dass er es zu schätzen gewusst hätte, wie Sie eins seiner Stücke verschandeln.“

„Sie sind außerordentlich unhöflich.“

„Bin ich das? Laden unhöfliche Männer häufig lästige Fremde in ihre Häuser ein und verpflegen diese mitsamt ihren Zofen?“

Wieder schmollte sie. Keine Antwort. Nicht einmal das Flattern einer Wimper.

„Es ist zu früh.“ Marcello gestikulierte mit einer abweisenden Handbewegung Richtung Decke. „Ich schlafe gerne lange.“

„Ich werde mich bemühen, leiser zu spielen.“ Jane wandte sich um und legte ihre Finger auf die Tasten. „Und weniger lästig.“

Marcello legte flink seine Hände auf ihre. „Aber nicht jetzt. Es sei denn, Sie wollen, dass ich den ganzen Tag schlechter Laune bin."

Sie kicherte unerwartet. „Ich hatte gedacht, das wäre Ihre normale Laune. Wollen Sie damit sagen, dass Sie auch andere Empfindungen zur Schau stellen können?"

Jetzt brodelte Marcello innerlich, doch als seine Nasenlöcher sich weiteten, sog er Janes Geruch ein, und dieser füllte seine Brust mit köstlichen Ideen. Unanständigen Ideen. Dreisten Ideen. Und von dort, wo er stand, auf sie hinunterblickend, konnte er in das Dekolleté ihres Kleides schauen. Es war nicht üppig, doch jeder Atemzug hob ihre Brüste an, und wann immer sie ausatmete, neckte sie ihn mit einem Blick auf ihre dunklen Brustwarzen.

„Signore!" Unerwartet sprang sie auf und wich einen Schritt zurück. „Was erlauben Sie sich?"

Mit einem Grinsen meinte er: „Ich erlaube mir, Ihre Brüste zu bewundern."

Ihr Kiefer klappte auf, doch anstatt die Arme vor ihrer Brust zu verschränken, wie er erwartet hatte, zog sie stattdessen ihre Schultern zurück, was jene niedlichen Brüste nett anhob. War sie vielleicht gar nicht so scheu und prüde, wie er zuerst gedacht und von einer Engländerin erwartet hatte?

„Vielen Dank“, meinte sie. „Ich bin selbst sehr von meinen körperlichen Werten angetan. Ihre sind auch nicht zu verachten.“ Sie räusperte sich und schlug plötzlich beschämt ihre Augen nieder. „Oh ... ach du liebe Güte.“

Sie drehte sich wieder der Bank zu, blieb jedoch stehen. Mit einem ganz und gar nicht weiblichen Grunzen meinte sie: „Ich entschuldige mich. Ich weiß nicht, was über mich kam, so etwas Merkwürdiges zu sagen. Aber es kommt nicht häufig vor, dass ich mich mit einem Mann unterhalte, der nur halb bekleidet ist. Genauer gesagt, nie. Haben Sie Ihr Hemd verlegt?“

„Nein.“ Marcello grinste. Er fand Gefallen an ihrem offensichtlichen Unbehagen. „Es ist ein warmer Tag.“

Sie ließ sich auf die Bank fallen. „Und es wird immer wärmer.“

Er lachte und setzte sich neben sie auf die Bank. Ihre geröteten Wangen waren wie Blumenblätter in Sahne. Seit wann schwelgte er in poetischen Ergüssen über eine Dame, wenn er doch nur seinen Kopf zu ihr neigen wollte, um ihren blumigen Geruch zu inhalieren und ihre Brüste zu küssen? Er hatte sie mit seinem gewagten Kommentar aufgerüttelt, und sie hatte zu kontern versucht.

Ohne Erfolg.

Allerdings war er nicht der Typ Mann, der sich dafür entschuldigte, dass er die feineren Dinge im Leben zu schätzen wusste. Oder seiner Fantasie erlaubte, ihn auf eine Reise zu nehmen. „Wenn Sie mir erlauben, Ihre Brüste zu küssen, lasse ich Sie so viel auf diesem unglücklichen Instrument spielen, wie Sie wollen."

„Meine Brüste küssen?" Sie sah weg. Ihr Hals färbte sich in demselben Rot wie ihre Wangen.

Marcello lehnte einen Ellbogen auf das Pianoforte und musterte ihren Busen. Er hatte nicht vor, jetzt klein beizugeben. Denn er hatte mit seiner Aufforderung keinen Spaß gemacht.

„Das ist eine sehr merkwürdige Bitte", sagte sie in einem etwas weicheren und weniger sicheren Ton.

„Ich bin vermutlich ein sehr merkwürdiger Mann."

„Merkwürdige Männer sollten mir Angst machen", sagte sie.

„Aber?"

„Aber Sie faszinieren mich, Signor Sebastiani. Und Sie waren bisher außerordentlich zuvorkommend." Sie ließ ihre Finger über die Elfenbeintasten schweifen. „Aber ich sollte Sie nicht von Ihrem wohlverdienten Schlaf abhalten."

Er seufzte. „Ich würde es vorziehen, Sie auf den Tastaturen klimpern zu hören."

„Wirklich? Ah … Für einen Kuss."

Er nickte.

Sie warf einen Blick in Richtung der offenen Tür. Suchte sie nach ihrer Zofe?

Marcello beugte sich näher. „Ich werde diskret sein. Aber Sie werden nicht vergessen, wie es sich anfühlte, von mir berührt worden zu sein. Das verspreche ich Ihnen."

Ein tiefer Seufzer hob ihre Brüste, sodass sie seinem Mund näher waren. Janes Stimme zitterte, als sie flüsterte: „Na gut."

Marcello brachte seinen Mund zu ihrem

Dekolleté und küsste eine Brust durch das dünne blaue Gewebe ihres Kleides. Er blies einen heißen Atemzug darüber. Dann rieb er mit seiner Nasenspitze entlang der Spitze, die ihr Dekolleté umrahmte und liebkoste die nackte Haut mit seinen Lippen. Er leckte mit seiner Zunge über das weiche Fleisch und nahm seine Finger zu Hilfe, um den Stoff noch weiter nach unten zu schieben. Ihre Brüste quollen beinahe aus dem Ausschnitt, und er nahm, was er bekommen konnte, und küsste eine heiße Knospe.

Jane keuchte. „Oh!" Sie bewegte sich auf der Bank hin und her und klammerte sich an deren Rand, als würde sie sonst stürzen.

Als sie ihren Kopf nach hinten fallen ließ und ihm somit ihren Busen noch freizügiger anbot, nahm er beide Hände und zerrte an ihrem Bustier, drückte es nach unten und legte damit beide Nippel frei.

Ein weiteres Stöhnen kam von Jane, doch sie protestierte nicht, noch versuchte sie, ihre Brüste wieder zu bedecken. Marcello vergrub sein Gesicht in der Spalte zwischen ihren Brüsten und inhalierte ihr verlockendes Aroma, während er beide Brüste in seinen Händen wiegte und drückte. Dann wandte er sein Gesicht zur Seite und nahm einen rosigen Nippel gefangen, saugte ihn tief in seinen Mund und strich mit seiner Zunge darüber, vor und zurück. Jane wand sich hin und her. Doch sie stieß ihn nicht von sich.

Ermutigt durch ihre Reaktion hob er seinen Kopf, nahm eine Hand von ihrer Brust und zog sie an sich. Doch als er sich ihrem Gesicht näherte, um sie zu küssen, drückte Jane ihre Hand auf seinen Mund, um ihn zu stoppen.

„Die Lippen waren nicht Teil des Abkommens“, sagte sie. „Sie haben erhalten, was Sie forderten.“ Sie drückte ihn von sich und zog ihr Bustier umständlich und sehr langsam über ihre Brüste, fast so, als würde sie ihn damit necken wollen. „Jetzt darf ich weiter üben, nicht wahr?“

Verdammt! Dieses Intermezzo hatte ihm nur einen steifen Schwanz und jede Menge Frustration verschafft. Er hätte mit seiner Forderung genauer sein sollen. Doch dies war nur der Anfang. Dies würde nicht das letzte Mal sein, dass er diese Frau berührte.

Denn diese Engländerin zog ihn an, obwohl er sonst nicht an Engländerinnen und deren lauwarmer Leidenschaft interessiert war. Doch Jane war nicht lauwarm. Sie war heiß.

„Richtig.“ Er stand auf und richtete seine Seidenhose zurecht, die über seiner Erektion ein Zelt bildete. „Spiel, mein widersprüchliches Häschen. Ich werde meinen Kopf unter einem Kissen begraben.“

„Schlafen Sie gut!“, rief sie ihm nach. Und weil sein Gehör so empfindlich war, vernahm Marcello auch die geflüsterten Worte, die sie anfügte. „Sie schrecklich gut aussehender Mann.“

Er schmunzelte und stieg die Treppe hinauf. Egal ob es Anziehungskraft oder bloße Lust war, mit dieser Frau könnte er vielleicht viel Spaß haben. Vielleicht würde er ihr erlauben, noch ein oder zwei Tage zu bleiben, um was auch immer zwischen ihnen war zu erforschen.

# 4

Am Nachmittag desselben Tages stand Jane vor dem Kaminsims in ihrem Schlafgemach und seufzte. Die Begegnung mit Marcello am Morgen hatte sie aufgewühlt. Dieser Mann hatte sich Freiheiten genommen, die sie ihm hätte verwehren sollen. Doch als sie seine Berührung gespürt hatte, hatten sie all ihre guten Sinne verlassen wie Ratten das sinkende Schiff.

„Es regnet ziemlich viel in Venedig." Prudence stand am Fenster und schaute über den Kanal hinaus, der an der Rückseite des Palazzo entlanglief. Regen tropfte gegen das

Fenster und trübte den Blick auf das, was sich unten auf der geschäftigen Wasserstraße abspielte.

„Ich wollte so gerne die Piazza San Marco besichtigen“, meinte Jane. „Mehr als nur einmal hindurchzuspazieren wie bei unserer Ankunft.“ Sie ließ ihre Finger am Kaminsims entlanggleiten, bis ihre Hand an einen schwarzen, quadratischen Stein stieß. Sie schob ihn beiseite, dann berührte sie die Bronzestatue eines Reiters, der eine Livree aus dem 17. Jahrhundert trug.

„Und das Museum“, fügte Prudence hinzu. „Es gibt so viel in dieser Stadt zu sehen. Aber ich dachte, Signor Sebastiani hatte die Absicht, uns heute wegzuschicken, oder nicht?“

„Die hatte er. Aber ich habe das Gefühl, dass ich seine Pläne vereiteln kann.“ Immerhin hatte er auch ihren Mund küssen wollen. Und so einfach würde er doch sicherlich nicht aufgeben. Vielleicht könnte sie ihre Abreise etwas verzögern, indem sie ihn glauben ließ, dass sie auch dieser Forderung nachgeben würde, wenn er nur lange genug darum bat.

Doch zu Prudence sagte sie nur: „Oh, und das Pianoforte ist vorzüglich. Ich würde bedauern, es zurückzulassen."

„Es ist ein schönes Instrument." Prudence durchquerte den Raum und blieb neben Jane stehen. „Man könnte es auch für einen guten Preis verhökern."

„Ja, aber es gehört nicht mir."

„Genauso wenig wie es Signor Sebastiani gehört. Vielleicht hat Signor Ricci dieses kostbare Stück seinem Protegé hinterlassen?"

„Möglicherweise. Aber ich könnte nicht ertragen, es zu verkaufen. Zumindest noch nicht."

„Wollen Sie warten, bis wir ganz mittellos sind? Das wird sicher nur noch ein paar Tage dauern."

„Prudence, du musst wirklich lernen, häufiger das Positive zu sehen. Signor Sebastianis Diener ist gut aussehend, oder nicht?"

Prudence gab dazu keinen Kommentar ab.

Jane hatte gesehen, wie ihre Zofe den ranken Mann mit dem schiefen Lächeln angesehen hatte. Und wo hatte sie denn ihre

Zeit verbracht, als Jane im Ballsaal geübt hatte?

Jane rieb ihre Handfläche über die runde Holzspindel am Ende des Kamins und drehte diese unbeabsichtigt, als plötzlich ein klickendes Geräusch aus Richtung der Wand ertönte. Die gesamte Front des Kamins wurde erschüttert, dann schwang der Kamin ein paar Zentimeter nach vorne.

Jane warf ihrer Zofe einen überraschten Blick zu.

Prudence verschlang ihre Hände erwartungsvoll vor ihrem Bauch.

„Was meinst du?“, fragte Jane.

„Ein Geheimraum? Oder ein Geheimgang?“

„Lass uns nachforschen.“

Es bedurfte nur eines Rucks, und die Marmorfront des Kamins schwang ganz auf. Kühle Luft blies ihr entgegen. Jane blickte in das Dunkle. „Zünde eine Kerze an!“, befahl sie Prudence.

Diese kam dem Befehl sofort aufgeregt nach. Während sich beide in die Dunkelheit vortasteten, belichtete die Flamme einen kleinen Raum. Er war nicht länger als zwei

Betten längs aneinandergereiht, und auch kaum breiter als ein Bett. An den Wänden standen Regale mit allerlei Krimskrams und Kunstwerken. Mit Stoff ummantelte Gemälde standen an die Wand gelehnt.

„Ein Lagerraum?“, wunderte sich Prudence.

„Scheint so.“ Jane nieste. „Oh! Es ist so staubig. Es muss schon lange her sein, dass jemand hier drinnen war. Glaubst du, dass Marcello von diesem Raum weiß?“

„Sie nennen ihn Marcello?“

„Natürlich nicht. Aber Signor Sebastiani ist ja ein Zungenbrecher, oder nicht?“ Sie wandte sich schnell von Prudence ab, damit diese sie nicht mit ihrem misstrauischen Blick mustern konnte. „Stell die Kerze auf ein Regal. Ich möchte mich umsehen.“

In dem kleinen Raum gab es silberne Kerzenständer, Bronzestatuen, goldene Gedecke und kleine, dekorative Vögel und Katzen. Die meisten Dinge trugen ein Wappen. Das Wappen der Familie? In einer Kiste aus Rosenholz, die mit rotem Samt gefüttert war, entdeckte Jane eine wunderschöne Tiara. Sie nahm sie heraus und die Diamanten begannen im Kerzenlicht zu funkeln, als wären sie aus Feuer.

„Das muss ein Vermögen wert sein“, sagte Prudence. „Sie würden sich nie wieder Sorgen machen müssen.“

Prudence war immer um ihr Wohlergehen besorgt.

Jane hielt die Tiara über ihren Kopf, konnte sich jedoch nicht dazu überwinden, sie aufzusetzen. Also legte sie sie wieder zurück in die Schachtel. „Warum sollte unser Gastgeber solche Wertgegenstände in einem staubigen alten Raum wegschließen?“

„Vielleicht ist die Tiara nicht nach seinem Geschmack.“

Jane lachte über den seltsamen Humor ihrer Zofe. „Wohl nicht, wie? Dieser Mann reitet lieber auf einem feinen Ross durch die Landschaft und schwingt ein Schwert.“

„Sie fühlen sich zu dem Signore hingezogen“, bemerkte Prudence.

„Und du magst seinen Diener.“

Bei dieser Bemerkung wandte sich Prudence ab und tat so, als interessierte sie sich für eine Feder und ein Tintenfass aus Elfenbein.

Jane zerrte an einem staubigen Stoff, der um einen Stapel von Gemälden geworfen worden war und hustete, als der Staub aufwirbelte. Sie hatte das Porträt eines Mannes aufgedeckt. Die Flamme flackerte, als Prudence sich neben sie gesellte und sie beide den Mann auf dem Bild musterten.

Sein dunkles Haar reichte bis zu dem steifen weißen Kragen. Silberfäden durchzogen den grauen Damastumhang, den er trug, und aufwendige Spitze zierte seine Handgelenke. Seine Augen waren braun und dieses Lächeln ...

„Meinst du ...?“, fragte Jane plötzlich, denn sie kannte diesen Mann.

„Unmöglich. Das muss ein Verwandter sein. Diese Art von Kleidung war im 16. Jahrhundert Mode, nicht wahr? Außerdem ist das Haar länger.“

„Hmm.“ Jane studierte das Porträt weiter. „Ich glaube, dass das Gemälde noch viel älter ist. Vermutlich 13. oder 14. Jahrhundert. Aber die Ähnlichkeit ist bemerkenswert, meinst du nicht auch?“

„Als wären sie Zwillinge.“

Jane starrte weiter auf das Porträt von – hätte der Mann moderne Kleidung getragen – Marcello Sebastiani.

# 5

Es war noch zu früh, um zu riskieren nach Blut zu jagen, obwohl der Himmel wegen des feuchten Nebels, der sich auf die Docks und das Patio vor seinem Palazzo gelegt hatte, dunkel war. Marcello stand am Treppenabsatz im zweiten Stock und erwog seine Optionen. Sein Anwalt suchte Mittel, mit denen er der Stadtverwaltung gegenüber Marcellos Identität beweisen konnte. Was auch immer sie vorlegten, musste eine Geburt dokumentieren, die vor etwa dreißig Jahren stattgefunden hatte, und nicht vor Jahrhunderten.

Marcello wusste, dass seine Geburt im 14.

Jahrhundert in den Stadtarchiven von Venedig registriert worden war. Es war ein gefeiertes Ereignis gewesen und Geschenke sowie Würdenträger aus ganz Europa waren angekommen. Selbstverständlich erinnerte er sich nicht an jene Festlichkeiten, doch seine Mutter hatte ihm davon erzählt. Bevor sie starb. Ebenso wie sein Vater.

In einer einzigen blutigen Nacht war seine gesamte Familie vernichtet worden. Sogar Marcello, der gerade von seiner Rundreise durch Europa zurückgekehrt war, war dem grausamen Angriff einer Gruppe von Vampiren nicht entkommen. Sie waren über den Palazzo hereingebrochen und hatten seine Familie wie wilde Tiere angegriffen.

Unerklärlicherweise hatte Marcello überlebt und war zitternd und blutend über seine gefallenen Familienmitglieder gekrochen und hatte versucht, ihnen zu helfen.

Hilfe kam in Form eines Mannes in einem dunklen Mantel, mit Gesichtsmaske und Reißzähnen. Allerdings war dieser Vampir nicht mit den widerlichen Geschöpfen alliiert gewesen, die Marcellos Familie getötet hatten.

Der Mann hatte schnell dafür gesorgt, dass Marcellos Familienmitglieder begraben wurden, und eine Geschichte erfunden, die das Gemetzel der Familie erklärte. Er hielt geheim, dass Vampire die Sebastianis ermordet hatten. Stattdessen verbreitete er die Lüge, dass es blutrünstige Diebe gewesen waren. Gleichzeitig rettete er Marcellos Leben, indem er ihn in einen Vampir verwandelte.

Marcellos Name war unter den Toten angegeben worden. Und somit hatte er plötzlich nicht mehr existiert.

Selbst jetzt, als er seine Finger entlang des steinernen Geländers strich, konnte er immer noch die Szene vor sich sehen, wie die Mitglieder seiner Familie tot in ihrem eigenen Blut lagen. Er hätte nie gedacht, dass ein menschlicher Körper so viel Blut enthielt.

„Signore!“

Überrascht, dass er nicht gehört hatte, wie Miss Emery sich ihm näherte, wandte er sich ihr zu. Er wollte ihr gerade ein Lächeln anbieten, als sich sein Mund stattdessen anerkennend öffnete. Das hellblaue Kleid umarmte ihren geschmeidigen Körper und drückte ihre Brüste hoch, als würde sie sie ihm anbieten. War ihr Ausschnitt ein wenig tiefer und weiter als zuvor? Die Spitze, die ihr Dekolleté verziert hatte, war verschwunden und lieferte ihm so eine bessere Ansicht auf ihre lieblichen Vorzüge.

„Guten Abend, Miss Emery."

„Sie stehen ziemlich spät auf. Ich hoffe, mein Üben auf dem Pianoforte hat Sie nicht geweckt?"

Das hatte es in der Tat, doch er besaß einen ruhigen Wandschrank, in den er sich zurückzog, wenn er die Welt ausschließen wollte.

„Wir müssen schnell einen richtigen Tutor für Sie finden", sagte er.

„Das würden Sie tun?"

Würde er das? Gerade hatte er ihr genau das angeboten, oder etwa nicht? Normalerweise zeigte er Fremden gegenüber nicht solche Großzügigkeit. Er zog es vor, neben den Sterblichen zu existieren und mischte sich selten in deren Leben ein.

Als er nicht antwortete, sagte Jane: „Ich wollte mir eigentlich die Basilika San Marco ansehen, nun da es aufgehört hat zu regnen. Aber meine Pläne wurden vereitelt.“

„Vereitelt?“

„Meine Zofe fühlt sich nicht wohl. Und ich kann wohl kaum ohne Begleitung durch die Stadt ziehen.“ Sie warf ihm einen hoffnungsvollen Blick zu.

Ihre Wimpern flatterten.

Marcello wusste genau, was sie tat. Er schluckte den Köder trotzdem. „Ich war schon lange nicht mehr in der Basilika.“ Er bot ihr seinen Arm an. „Sollen wir?“

„Damit machen Sie mir so eine Freude!“

Ein paar Augenblicke später schritten sie das Kopfsteinpflaster in Richtung Piazza San Marco entlang. Jane hatte sich bei Marcello eingehakt und ging so eng neben ihm her, dass er ihre Hitze spüren konnte, die seine Haut zu streicheln schien.

„Mm…“

Das sanfte Stöhnen kam von Jane.

„Wie bitte?“, fragte er. „Miss Emery, ist Ihnen wohl?“

„Oh, doch, doch, es ist mir wohl.“ Sie

räusperte sich. „Darf ich Sie etwas fragen, Signor Sebastiani?“

„Selbstverständlich.“

„Ich sollte das vielleicht gar nicht gestehen, doch ich stieß auf einen geheimen Raum hinter dem Kamin in meinem Schlafgemach.“

„Einen geheimen Raum?“

„Ja. Sicherlich wissen Sie doch davon, nicht wahr? Oder vielleicht doch nicht. Es war dort sehr staubig, als hätte ihn schon lange niemand betreten. Selbstverständlich musste ich die Sache erforschen, als ich sah, wie der Kamin aufschwang. Ich wollte wirklich nicht herumschnüffeln. Aber Geheimräume sind immer eine Versuchung. Und ich liebe Abenteuer! Das verstehen Sie doch, oder?“

„Selbstverständlich.“ Und jetzt erinnerte er sich auch an den Raum. Es gab in seinem Palazzo viele versteckte Gänge und Räume. Was hatte er nur in jener Kammer gelagert? „Haben Sie etwas Interessantes gefunden?“

„Aber ja doch! Eine Tiara, Gemälde und silberne Kerzenständer. Alles schien ziemlich kostbar zu sein. Und viele der Dinge waren mit einem Familienwappen versehen. Glauben Sie, dass vor Ihnen in diesem Haus Aristokraten lebten, Signore?“

Verdammt! Dies war nicht die Zeit für die Wahrheit. Er konnte nicht gestehen, dass das Haus schon Jahrhunderte in seinem Besitz war und dass er aristokratischer Abstammung war.

„Signore?“, hakte Jane nach.

Zum Glück waren sie gerade an der Piazza San Marco angekommen. Marcello deutete auf die Basilika. „Wir sind hier.“

Jane betrachtete die großartige Kathedrale. „Sie ist wunderschön.“

Tatsächlich waren die Basilika und die Piazza ein atemberaubender Anblick. Tag und Nacht wimmelte es hier von Touristen und Einwohnern. An allen vier Seiten säumten mit Planen bedeckte Stände den quadratischen Platz, wo Verkäufer Lebensmittel und Waren feilboten und sogar eine schnelle Rasur versprachen. Kinder sprangen umher, tanzten und kicherten.

Und obwohl der Sage nach Vampire keinen heiligen Boden wie eine Kirche betreten konnten, stimmte das nicht ganz. Marcello konnte in eine Kirche eintreten. Allerdings fühlte er sich dabei nicht sehr wohl. Doch um Janes willen würde er das temporäre Unwohlsein auf sich nehmen. Außer er könnte ihr eine interessantere Alternative anbieten.

„Ich liebe das Lachen von Kindern." Jane lächelte, dann deutete sie zur Basilika. „Es klingt so, als würde gerade eine Messe gehalten."

Die Teilnahme an einer Messe war ihm nicht geheuer. Doch genau das konnte er auch als Ausrede benutzen, um keinen Fuß in die Kirche zu setzen.

„Ich glaube nicht, dass es angebracht ist hineinzugehen, wenn die Zeremonie bereits begonnen hat. Ich habe eine andere Idee." Er nahm ihre Hand und geleitete Jane in Richtung der Docks. „Ich möchte Ihnen etwas zeigen."

# 6

Obwohl Jane das Innere der Kathedrale hatte sehen wollen, folgte sie Marcello. Als sie Minuten später an einem Dock stehen blieben, wurde ihr plötzlich klar, was er vorhatte.

„Eine Gondelfahrt?“

Er nickte.

Jane war noch nie in einer Gondel gewesen. Doch mit Marcellos Hilfe überwand sie ihre anfängliche Angst, einen Fehltritt zu machen und im Kanal zu landen. Marcello hob sie einfach hoch und stellte sie sanft in die Gondel. Sie konnte seine starken Hände an ihren Hüften spüren und fühlte sich sonderbar leicht in seinen Armen. Wie eine Feder.

„Setzen Sie sich“, befahl er und gestikulierte zu der Bank mit dem roten Samtkissen am Heck des Bootes, wo zwei Leute bequem sitzen konnten.

Eine Laterne hing am Bug der Gondel und beleuchtete das lächelnde Gesicht des Gondolieres, als er ihnen zunickte. Jane bemerkte kleinere Kerzen rechts und links der Sitzbank, die sie mit Marcello teilte, doch diese brannten nicht, und deshalb war es relativ dunkel um sie herum. Vielleicht war das der Grund, warum sie sich plötzlich Marcellos Körper intensiver bewusst wurde. Oder vielleicht war die Sitzbank einfach zu schmal für zwei Personen, wenn eine davon ein riesiger Mann mit breiten Schultern und kräftigem Torso war.

„Wohin fahren wir?“, fragte sie und blickte auf die Gebäude, an denen sie nun vorbeizogen, als die Gondel sich in Bewegung setzte und sanft durch den Kanal glitt.

„Überall. Was ich Ihnen zeigen will, liegt

etwas von hier entfernt. Es ist eine Überraschung.“

„Ich liebe Überraschungen. Nur gute, natürlich. Denn manchmal können Überraschungen schrecklich, geradezu hässlich sein.“

„Ich bemühe mich, Ihnen nur gute Überraschungen zu bescheren.“

Während die Gondel durch den dunklen Kanal glitt, zeigte Marcello zu einigen Gebäuden und erzählte ihr, wer darin lebte. Adelige und Würdenträger waren darunter. Und er schien sie alle zu kennen. Ging ihre Fantasie mit ihr durch, wenn sie glaubte, dass auch er möglicherweise dem Adel abstammte? Er hatte ihre Frage diesbezüglich nicht beantwortet. Doch sie würde ihn deswegen nicht bedrängen.

Jane entspannte sich in dem Sitz und redete sich ein, dass es vollkommen angemessen war, dass sie sich so schamlos an diesen gut aussehenden Mann schmiegte. Schließlich hatte sie ihm erlaubt, ihre Brüste zu küssen, obwohl sie nicht erwartet hatte, dass er ihr Mieder nach unten ziehen würde, um sie zu entblößen und ihre nackte Haut zu berühren. Sie hätte ihn stoppen sollen, doch in dem Augenblick hatte sich etwas in ihr geregt, das sie davon abgehalten hatte, obwohl sie wusste, dass keine anständige Frau einem Fremden solche Freiheiten erlaubte.

Selbst jetzt, wo die Erinnerungen an diese köstlichen Augenblicke zurückkamen, spürte sie, wie der geheime Ort zwischen ihren Schenkeln zu pochen anfing. Wie ein zweiter Herzschlag.

Es war schon eine lange Zeit her, seit sie sich nach einem Mann und dessen Berührung gesehnt hatte. Doch gerade jetzt sehnte sie sich nach der Berührung eines Mannes, nein, nicht irgendeines Mannes. Sie sehnte sich, von Marcellos Mund und Händen erforscht zu werden. Vielleicht würde sie dann endlich verstehen, was es bedeutete, sich gehenzulassen.

Marcello beugte seinen Kopf näher zu ihr und gerade, als sie dachte, er würde sie küssen, flüsterte er: „Sehen Sie, dort."

Gerade in dem Moment umrundete die Gondel eine Ecke und bog in einen schmalen

Kanal. In der Ferne hing ein strahlend weißer Vollmond. Jane ließ einen Atemzug über ihre Lippen entkommen und verschlang ihre Hände.

„Das wollten Sie mir zeigen?“, fragte sie.

„Ja, *La Luna*.“

„Wunderschön. Wie ein Gemälde. Jetzt haben Sie mir schon wieder ein Geschenk gemacht, Signor Sebastiani. Ihre Güte ist überwältigend.“

„Es ist nicht der Rede wert. Und jetzt will ich Ihnen etwas geben, das Sie möglicherweise nicht als Geschenk ansehen werden.“

„Was meinen Sie damit?“

Er beugte sich näher. Dieses Mal war sie sich sicher, dass er sie küssen würde. Sie hatte nicht einmal Zeit zu protestieren, als er seinen Mund auch schon auf ihren presste und ihre Lippen gefangen nahm.

Der Kuss raubte ihr den Atem. Heiß, stark und verlangend übernahm sein Mund die Führung und sie folgte ihm ohne Widerrede. Und als er ihre Lippen mit seiner Zunge teilte, donnerte Janes Herz in ihrer Brust. Hitze schoss durch all ihre Körperteile. Sie war dankbar für die Dunkelheit, die sie umgab und ihre Nippel verbarg, die sich jetzt hart unter ihrem Kleid abzeichneten. Und das Pochen zwischen ihren Schenkeln wurde immer stärker – und immer köstlicher. Noch nie zuvor hatte ein Kuss bei ihr eine so unstillbare Begierde ausgelöst.

Sie spürte Marcellos kräftige Hand ihr Kiefer streicheln und sie zurück in die Rückenlehne pressen, während der Kuss immer leidenschaftlicher wurde. Als wollte er sie sich unterwerfen. Und sie wollte sich ihm bereitwillig ergeben.

Er zog seinen Kopf etwas zurück und strich eine Haarsträhne von ihrer Wange. „Stimmt etwas nicht, Jane? Du bist doch sonst nicht so sprachlos."

„Je weniger ich sage, desto mehr küsst du mich."

„Schlaues Mädchen", murmelte er und strich seinen Mund über ihre geschwollenen Lippen. „Du riechst wie der Sommer. Und deine Brüste …"

Er legte seine Hand auf einen der Hügel und drückte ihn sanft. Zuerst versteifte sich

Jane, doch dann überredete sein Kuss sie dazu, sich zu entspannen und die Berührung zu genießen. Und als seine Finger ihren Nippel durch den Stoff rieben, stöhnte sie in Marcellos Mund und drängte ihm ihre Brust entgegen. Denn sie wollte mehr.

Trotzdem hatte sie Bedenken. „Der Gondoliere sieht uns."

„Er ist halb blind", meinte Marcello gelassen.

„Halb blind? Aber wie steuert er dann?"

„Ist das von Bedeutung? Er hat uns bisher noch nicht in eine Mauer gesteuert. Willst du über das Sehvermögen des Gondolieres diskutieren oder bevorzugst du das hier?"

Er küsste das Fleisch, wo der Ansatz ihrer Brüste aus ihrem Ausschnitt ragte und strich mit seiner Zunge über die erhitzte Haut. Jane seufzte. „Oh, erbarme dich ..." Aber sie konnte den Protest nicht beenden, denn sein Kuss drängte sie zu mehr. Dann glitt seine Hand zu ihrem anderen Nippel und kniff diesen fest. Ein Pfeil aus Lust durchfuhr sie und sie musste ihre Schenkel zusammenpressen, um nicht vor Vergnügen laut aufzuschreien. Feuchtigkeit schien sich in ihrer Mitte zu sammeln. „Oh, ja …“

„Jane, für eine junge Frau küsst du wahnsinnig gut.“

„Ich hatte Übung mit meinem Gema–“ Sie presste ihre Hand auf den Mund, doch die Worte waren ihr bereits entkommen.

Marcello schreckte vor ihr zurück, als hätte ihn eine Hornisse gestochen. Sogar in der Dunkelheit konnte sie seine Augen funkeln sehen. Wie die eines wilden Tieres.

Jane presste eine Hand auf ihre Brust. „Oh, du liebe Güte.“

Sein Mund stand offen. „Du bist verheiratet?“

In diesem Moment schlug die Gondel an ein Dock an und Jane sah, dass sie an Marcellos Palazzo angekommen waren.

Ohne auf Marcellos Hilfe zu warten, stieg sie hastig aus der Gondel und lief auf die Eingangstür zu, denn sie musste die gefährliche Frage, die in Marcellos Augen wie eine Flamme brannte, vermeiden. Da Marcello den Gondoliere bezahlen musste, hatte sie etwas Vorsprung, doch sie wusste instinktiv, dass sie ihm nicht entkommen konnte.

In der Eingangshalle lief sie sofort die Treppe hinauf und eilte zu ihrem Schlafgemach.

Prudence wartete dort auf sie und sprang von ihrem Sessel auf, während Jane hastig die Tür hinter sich schloss.

„Was ist passiert?“ Prudences Augen weiteten sich besorgt.

„Ich glaube, ich habe gerade meine Chance, Signor Sebastiani zu meinem Mäzen zu machen, verdorben.“

# 7

*Ihr Gemahl?*

Marcello kochte vor Wut.

Jane hatte seit dem Augenblick mit ihm geflirtet, als er sie in Signor Riccis Villa angetroffen hatte. Was für ein hinterhältiges Spiel spielte diese Frau? Er wusste, dass es einen Grund gab, warum er die Engländer noch nie gemocht hatte!

Marcello stampfte durch die dunkle Eingangshalle seines Hauses und eilte die Treppe zum ersten Stock hinauf, wo er mit der Faust an die Tür von Janes Gemach schlug.

Die Tür schwang auf und Prudence trat

heraus. Schnell schloss sie die Tür hinter sich und versperrte ihm den Weg. Die Zofe hob ihr Kinn. „Gibt es ein Problem, Signor Sebastiani?“

„Ich muss mit Jane sprechen, ähm, mit Miss Emery.“

„Sie ist im Augenblick unpässlich.“

„Vor zwei Minuten ging es ihr noch ausgezeichnet. Sie will nur nicht mit mir sprechen, aber das wird ihr nicht helfen. Geh mir aus dem Weg!“

„Auf keinen Fall, Signor Sebastiani!“

„Prudence.“ Marcello verengte seine Augen und funkelte die resolute Zofe an. „Wenn ich dich körperlich beseitigen muss, ist mir das auch recht.“

Die Frau hob tapfer ihr Kinn und stellte sich ihm mit einem aufsässigen Blick. Doch Marcello hatte genug. Er nahm sie bei den Oberarmen, hob sie hoch und entfernte sie von ihrer Stellung vor der Tür. Dann drehte er den Türknauf, doch bevor er die Tür öffnete, wandte er sich nochmals an die Zofe und warnte sie: „Und kein Lauschen!“

Damit riss er die Tür auf und trat ein. Er

schloss sie hinter sich und drehte den Schlüssel im Schloss. Einen Moment lang stand er nur da, sich bewusst, dass Prudence immer noch auf der anderen Seite der Tür lungerte. „Verschwinde, Prudence!“

Einige Sekunden verstrichen, dann hörte er das Schlurfen der Füße der Zofe, als sie sich entfernte.

„Jane?“

Er erspähte sie an einem der Fenster, wo sie sich an einen Vorhang zu klammern schien, als könnte ihr dieser Schutz gewähren. Sie wirkte verschreckt – wie ein Reh, das gerade entdeckt hatte, dass es im Visier des Jägers war.

„Du bist verheiratet? Warum hast du mir dann erlaubt, dich zu küssen? Komm hierher! Antworte mir!“

Mit einem langen Seufzer ging sie auf ihn zu, presste ihren Handrücken gegen ihre Stirn und ließ sich auf die Ottomane am Fuße des Bettes nieder.

Er blieb vor ihr stehen und sah auf sie hinab. „Du bist verheiratet?“

„Ja“, gab sie zu, doch fügte dann schnell hinzu: „Aber nicht aus Liebe.“

Wie oft kam es schon vor, dass Leute aus Liebe heirateten? Sehr selten.

„Was für ein Spiel spielst du mit mir? Bist du deinem Gemahl davongelaufen? Weiß er, dass du in Venedig bist? Jane, ich habe dich geküsst.“ Intim geküsst, ihre Brüste berührt, und noch viel mehr erträumt. Doch jetzt?

„Du scheinst mir nicht die Art von Mann zu sein, die einen Kuss bedauert. Außerdem glaube ich nicht, dass du dich scherst, ob die Frau, die du küsst, verheiratet, unverheiratet oder verwitwet ist.“

Damit hatte sie recht. Normalerweise. Aber aus irgendeinem Grund machte ihn die Tatsache, dass Jane einem anderen Mann gehörte ... eifersüchtig.

Marcello setzte sich neben sie auf die Ottomane und ergriff ihr Kinn. Doch sie entzog sich seinem Griff, drückte ihre Hände gegen seine Brust und stand auf.

„Versuche nicht, mich zu beherrschen!“, entfuhr es ihr. „Davon habe ich genug!“ Und dann, mit einem Schluchzen, wandte sie sich von ihm ab und ließ ihre Schultern fallen. „Verzeih mir“, sagte sie mit viel sanfterer Stimme. „Du warst immer nur gut zu mir. Und ich wollte, dass du mich küsst. Es war wunderschön. Ich möchte es wieder tun, aber …“ Ein langer Atemzug unterbrach ihre Worte. „… aber es ist nicht richtig, nicht wahr? Obwohl mich mein Gemahl nie so geküsst hat wie du.“

Marcello konnte seinen Ohren nicht trauen. War das überhaupt möglich? Welcher heißblütige Mann konnte einer Frau wie Jane widerstehen? Offensichtlich nur ein lauwarmer Engländer.

„Ich lief ihm davon.“ Jane wandte sich um und sah ihn direkt an. „Ich bat um eine Scheidung, doch er lehnte ab. Und meiner Familie gegenüber behauptete er, dass ich ihm fremdgehe. Deshalb halfen sie mir nicht. Sie gaben mir die Schuld und weigerten sich, mich aufzunehmen.“

„Aber warum hast du deinen Gemahl um eine Scheidung gebeten, wenn es keinen anderen Mann gab? Warum riskieren, ausgestoßen zu werden?“

In ihrem Blick sah er plötzlich etwas. Etwas, das Marcellos Herz zum Schmerzen brachte. Er schluckte schwer. All seine Instinkte warnten ihn, sich nicht in diese Sache hineinziehen zu lassen und sie stattdessen zu bitten, sein Haus zu verlassen, doch er ignorierte alle Warnungen und näherte sich ihr. Er musste sie küssen, um die Angst in ihren Augen zu verjagen, obwohl er wusste, dass er sie nicht berühren sollte.

„Er schlägt mich“, sagte Jane schließlich. „Häufig.“ Sie kehrte ihm den Rücken zu und zerrte an ihrem Mieder, zog es ein paar Zentimeter nach unten. Dort, unter ihrem Schulterblatt war eine Narbe, eine dicke, rote Wulst, die so aussah, als stammte sie von einem Gürtel.

Marcello fluchte und berührte die Narbe. „Zum Teufel mit ihm. Dafür bringe ich ihn um!“

Jane schüttelte ihren Kopf und drehte sich wieder zu ihm um. „Dann bist du auch nicht besser als er.“

„Kein Mann hat das Recht, eine Frau zu schlagen. Kein Mann!“ Als er sah, wie ihre Lippen zu beben begannen, stoppte er seine

Tirade und schloss sie in seine Arme. „Ich bin froh, dass du ihm entkommen bist. Weiß er, dass du in Venedig bist?“

„Nein.“ Sie schniefte an seiner Schulter. „Ich glaube nicht. Ich hoffe nicht. Ich muss etwas gestehen. Prudence und ich wurden in Venedig nicht ausgeraubt. Wir hatten kaum Geld, als wir ankamen. Ich hatte nur die wenigen Dinge, die ich in meine Koffer packen konnte, als ich floh. Das Haushaltsgeld brachte uns nur bis Venedig, dann hatten wir nichts mehr.“

„Warum kamst du nach Venedig?“

„Vor einigen Jahren, bei einem Besuch in London, bot Signor Ricci an, mein Mäzen zu sein, doch mein Gemahl schlug das Angebot aus, denn Musik war für ihn ein Laster des Teufels. Aber ich hoffte, dass sich Signor Ricci an mich erinnern würde, also kam ich hierher. Marcello, ich kann nirgends anders hin. Ich habe kein Zuhause, denn zu meinem Gemahl kehre ich nie wieder zurück.“

„Nein, zu ihm gehst du nie wieder. Dafür sorge ich. Aber du hast ein Zuhause, hier, solange du es brauchst.“

---

Jane konnte ihren Ohren kaum trauen. Hatte Marcello ihr wirklich eine permanente Bleibe angeboten?

„Du bist viel zu großzügig."

„Ich würde es nicht großzügig nennen."

„Wie dann?"

Er kämmte mit den Fingern durch ihr Haar und beugte sich zu ihr. „Egoistisch."

„Warum?", hauchte sie.

„Weil du dann in meiner Nähe wärst", gestand er. Er küsste sie sanft, doch leidenschaftlich. Sie verstand, warum: damit sie keine Angst vor ihm haben würde. Er würde ihr nie wehtun, wie ihr Gemahl ihr wehgetan hatte.

Als er seine Lippen von ihren löste, fügte er hinzu: „Ich möchte dir Vergnügen bereiten, Jane, dir zeigen, dass nicht alle Männer grausam sind. Und das werde ich jetzt tun."

Er hob sie hoch und legte sie auf das Bett. Er küsste sie und stahl ihr damit den Atem. Sie spürte ihren Körper erbeben. Spürte ihre Finger sich in sein Hemd krallen. Ja, sie wollte

Marcello, wollte diesen Mann, auch wenn sie wusste, dass es eine Sünde war.

Er drückte Küsse auf ihren Hals und schenkte dann der entblößten Haut ihres Dekolletés die nötige Aufmerksamkeit. Sie wünschte sich, dass er den Stoff nach unten ziehen würde, so wie er es schon einmal getan hatte, damit er einen Nippel in seinen Mund nehmen konnte, doch er neckte sie nur mit seinen sanften und beinahe keuschen Berührungen. Trotzdem lieferte sein heißer Atem, der über ihre Haut geisterte, Empfindungen, die ihren Körper von innen heraus erhitzten. Alles in ihr spannte sich vor Erregung an. Sie ergriff die Bettdecke und schloss ihre Augen, spürte wie Marcello ihre Schultern tiefer in die Matratze drückte, sodass sie ihm unwillkürlich ihre Brüste entgegenbäumte. Sie wollte sich ihm darbieten. Warum kam er denn dem Angebot nicht nach und riss ihr die Kleider vom Leib?

„Ich möchte dir zeigen, wie wunderschön es sich anfühlen kann, wenn ein Mann einer Frau seine ganze Aufmerksamkeit schenkt, ohne etwas für sich selbst zu nehmen“, sagte er. „Ich möchte, dass du mir vertraust, Jane. Wirst du das tun?“

„Ich ... ja ...“, flüsterte sie, obwohl sie nicht wusste, was er wirklich vorhatte.

„Gut.“

Als Marcello plötzlich zurückrutschte und den Saum ihres Kleides ergriff, um den Rock über ihre Beine nach oben zu schieben, und dann das Gleiche mit ihrem Petticoat tat, keuchte sie vor Verwunderung. Begann er nicht am falschen Ende? Warum löste er nicht zuerst die Halterungen ihres Mieders und half ihr, ihren Oberkörper freizulegen? Schließlich hatte er sich am Tag zuvor geradezu an ihren Brüsten gelabt. Sicherlich würde er das doch wiederholen wollen.

„Marcello, was –?“

„Shh, meine Süße, entspanne dich.“

Eine warme Hand glitt ihren Unterschenkel zu ihrem Knie hinauf, wo ihre Strümpfe mit hellblauen Bändern verschnürt waren. Er zerrte an einem Band und entknotete es, dann strich er den Strumpf nach unten, bis er diesen und ihren Schuh entfernt hatte. Mit dem zweiten Strumpf und Schuh tat er das Gleiche.

Erleichtert atmete sie ein. Er zog sie aus und fing eben mit ihren Schuhen und Strümpfen an. Sicherlich würde das Mieder als Nächstes dran sein.

Doch als er sich plötzlich zwischen ihren Beinen breit machte, diese - oh welch eine Sünde - auch noch weiter auseinander schob, hielt sie unwillkürlich den Atem an. Er konnte doch nicht ... Oh, nein, was hatte er nur vor?

„Oh ... Marcello, was –?“

Als sein Atem über ihr entblößtes Geschlecht blies, stöhnte Jane auf. Während des Sommers trug sie nie Unterwäsche. Dafür war es zu heiß. Und jetzt war sie dadurch Marcellos Blick vollkommen ausgeliefert. Noch nie hatte ein Mann sie so gesehen. Ihr Gemahl hatte seine Rechte im Ehebett immer im Dunkeln eingefordert. Sie hatte sich vor ihm nie entblößen müssen.

Jane fühlte, wie ihr ganzer Körper zu erröten schien.

Marcello hob plötzlich seinen Kopf und richtete sich etwas auf, um sie anzusehen. „Ich dachte, du willst, dass ich dir Vergnügen bereite.“

Sie schluckte schwer und senkte ihre Lider, konnte seinem Blick jedoch nicht entkommen. Ihre Wangen brannten vor Scham. „Ja, aber, du kannst doch nicht dort …“ Ihre Stimme versagte kläglich.

Marcello lachte leise. „Mein Püppchen, ich bin genau am richtigen Platz, um dir Vergnügen zu bereiten. Vertraue mir. Du willst mich doch, oder etwa nicht?“

Schnell nickte sie. Sie wollte ihn, auch wenn sie einem anderen Mann gehörte. „Ja, ich will dich.“

„Dann sei ein gutes Mädchen und entspanne dich. Ich kümmere mich um dich.“

Und damit senkte er seinen Kopf zurück zwischen ihre Schenkel. Marcellos heißer Atem blies gegen ihr Geschlecht. Hitze loderte plötzlich auf, und gerade als sie glaubte, zu verbrennen, verspürte sie eine Milderung. Zuerst war ihr nicht klar, was geschah, doch dann wusste sie, was Marcello tat: Er leckte mit seiner Zunge über den geheimen Ort zwischen ihren Beinen, der nun erwartungsvoll pochte. Oh du lieber Himmel! Wie konnte er so etwas nur tun? Wusste er denn nicht, dass das unanständig war?

Sie schnappte nach Luft. Oh, ja, sehr unanständig, doch gleichzeitig fühlte es sich himmlisch an. Noch nie hatte sie so etwas verspürt.

„Marcello!“, entfuhr es ihr, und sie wollte sich gleichzeitig die Hand auf den Mund schlagen, denn eine Lady ließ doch die Berührung eines Mannes einfach so über sich ergehen. Sie durfte keinerlei Anzeichen zeigen, dass sie etwas dabei empfand. Denn sonst wäre sie keine Lady, das hatte ihr Gemahl behauptet. Nur Huren benahmen sich so liederlich.

„Jane, du schmeckst köstlich. Ich kann gar nicht genug von dir bekommen.“

Was sollte sie darauf nur antworten? Nur eine schamlose Dirne würde auf so etwas reagieren. Und sie war doch keine Dirne.

„Sag mir, Jane, magst du das?“

Als er plötzlich aufhörte, sie zu lecken und seinen Kopf hob, blieb ihr jedoch nichts anderes übrig, als zu antworten. Denn sie wollte nicht, dass er aufhörte. „Es ist … es ist so … himmlisch.“ Sie keuchte. „Bitte, bitte …“

„Ja, Jane“, sagte er einfach und machte dort weiter, wo er aufgehört hatte.

Während Marcellos Zunge sie meisterhaft liebkoste und neckte, begann er sie mit seinen Fingern zu streicheln. Sie hörte ihn tief und innig seufzen, als würde ihm diese Tat mehr Vergnügen bereiten als ihr. Doch das war nicht möglich, denn das Vergnügen, das sich in ihrem erhitzten Körper ausbreitete, konnte unmöglich noch übertroffen werden.

Doch dieser Glaube wurde eine Sekunde später zerschmettert, als Marcello sich plötzlich verlagerte und mit seiner Zunge höher, zum Ansatz ihrer Schamhaare leckte. Mit seinen Fingern spreizte er sie dort weiter und presste dann seine Zungenspitze auf den Ort, den er freigelegt hatte. Ein Pfeil aus Lust durchfuhr sie, und sie hob fast vom Bett ab.

„Oh!“

„Mmm, was für eine köstliche Perle du hast.“ Dann tat er das Gleiche nochmal.

Ihr Inneres schien zu schmelzen. All ihre Knochen fühlten sich an, als wären sie aus

Melasse. Sie versuchte, gegen das Gefühl der Hilflosigkeit anzukämpfen.

„Lass es geschehen, Jane."

Er saugte an ihrer Perle, nahm sie in seinen Mund und drückte seine Lippen zusammen. Ein Schrei der Lust entkam ihr. Gleichzeitig schienen Wellen wie die eines Ozeans durch sie zu rasen, als zöge ein Sturm auf. Und als sie nach außen brachen, erbebte ihr ganzer Körper. Ein Hochgefühl, das sie noch nie erlebt hatte, breitete sich in ihr aus. Solch ein Vergnügen, solch ein Wunder. Sie hatte nicht gewusst, dass der Körper einer Frau zu solchen Empfindungen fähig war.

Und Marcello war der Mann, der ihr dazu verholfen hatte.

„Was war das?" Sie keuchte vor Vergnügen und erkannte ihre eigene Stimme kaum.

Marcello glitt ihren Körper nach oben, küsste den Ansatz ihrer Brüste und rollte sich auf sie, auf seine Ellbogen und Knie gestützt. „Sag mir nicht, dass du noch nie einen Orgasmus hattest? Nicht von deinem Gemahl?"

Sie schüttelte ihren Kopf, während sie die

Wellen der überwältigenden Empfindungen immer noch in ihren Knochen spüren konnte. „Er behauptete immer, dass das das Privileg eines Mannes wäre und dass anständige Frauen so etwas gar nicht wollten. Dass es eine Sünde wäre."

„Oh, Jane." Er küsste sie, dann verbarg er sein Gesicht in ihrer Halskuhle. „Wie wäre es, wenn wir mit deinen musikalischen Studien etwas warten und uns stattdessen etwas anderes vornehmen? Es gibt viel, das ich dir beibringen will, so viele köstliche Dinge, die ich mit dir teilen will. So viel Vergnügen, das ich dir bescheren will."

# 8

Es klang, als wäre gerade jemand dabei, im Erdgeschoss seines Palazzos eine Katze zu erdrosseln. Und Marcello wusste mit Sicherheit, dass er keine Katze besaß. Auch keinen Hund oder irgendein anderes Haustier. Denn er wollte sich nicht an etwas gewöhnen, es vielleicht sogar lieben, wenn er nur zusehen musste, wie es alterte und schließlich starb, während er weiterlebte und auf ewig jung blieb.

Er war nicht sentimental. Doch über die Jahrhunderte hinweg hatte er viele seiner menschlichen Freunde alt werden und sterben sehen. Es war die einzige Sache, die er an der

Unsterblichkeit hasste. Konnte ein Mann wie er überhaupt darauf hoffen, Bindungen zu schmieden, die andauern konnten? Oder Liebe finden?

Nein, nie. Deshalb hatte er keine Hoffnung auf Liebe.

Er seufzte und schwang seine Beine aus dem Bett. Es war schon später Nachmittag und es war nicht nur die schiefe Musik, die aus dem Ballsaal drang, die ihn geweckt hatte, sondern auch sein Hunger auf Blut. Die ganze Nacht mit Jane in ihrem Schlafgemach zu verbringen und sie in die Geheimnisse der körperlichen Liebe einzuweihen – etwas, das ihr Gemahl versäumt hatte –, hatte ihn hungrig gemacht. Doch als er ihr Bett verlassen hatte, war die Sonne bereits aufgegangen. So hatte er sich in seine Kammer zurückziehen müssen, ohne Blut zu sich zu nehmen.

Das musste er jetzt nachholen.

Schnell goss er Wasser in eine Schale auf seiner Kommode und wusch sich. Das Wasser erfrischte ihn und gab ihm etwas Energie. Er griff nach seiner Hose und legte sie an, als er plötzlich ein Klopfen an seiner Tür vernahm. Er bekam keine Gelegenheit, nachzufragen, wer ihn aufsuchte, da öffnete sich auch schon die Tür.

Jane trat ein und schloss die Tür schnell wieder hinter sich, während sie verstohlen über ihre Schulter blickte, als ob sie sich versichern wollte, dass niemand sie sah.

Er musste unwillkürlich lächeln. Diese Frau war dreist, uneingeladen sein Schlafgemach zu betreten.

„Jane?“, begrüßte er sie.

Ihr Blick landete auf ihm, als er sich voll zu ihr drehte, nur in seine Hose gekleidet, sein Oberkörper nackt. Janes Lippen teilten sich in offensichtlicher Bewunderung, und mit seinem Vampirgehör konnte er nun ihren erhöhten Herzschlag hören. Und ihre Erregung riechen. Genauso wie er sah, wie sich ihre Nippel unter ihrem Mieder verhärteten. Oh ja, seine Jane war ein schamloses, kleines Luder, keine sittliche Dame. Und genau so gefiel sie ihm auch.

„Hattest du jemand anderen erwartet?“

„Meinen Diener.“ Er grinste und machte ein

paar Schritte auf sie zu. „Doch deine Anwesenheit ist mir viel lieber.“

Sie lachte etwas nervös und vermied es, ihn anzusehen. Vielleicht war sie doch nicht so mutig, wie sie sich gab. Stattdessen sah sie in Richtung der Fenster.

„Es ist so dunkel hier. Möchtest du, dass ich die Vorhänge öffne?“ Schon ging sie darauf zu.

Doch er stoppte sie, indem er ihr Handgelenk ergriff, bevor sie den Vorhang ergreifen und ihn so den Strahlen der Sonne aussetzen konnte. Er wirbelte sie zu sich, und um sie abzulenken, zog er sie in seine Arme und küsste sie wortlos. Doch was als Ablenkung gedacht war, verwandelte sich in Sekunden zu einer Begierde, die er kaum noch zügeln konnte.

Als Jane ihre Hände auf seine nackte Brust legte und ihn zu streicheln begann, wallte eine Hitze in ihm auf, dass er beinahe glaubte, dass die Sonne es irgendwie geschafft hatte, durch die Vorhänge zu scheinen und ihn doch zu verbrennen.

Keuchend löste er seine Lippen von ihren, entließ sie jedoch nicht aus seinen Armen.

„Ich muss dich bestrafen, Jane.“

Sie schnappte nach Luft. „Bestrafen? Wesw –?“

„Hast du wirklich gedacht, du könntest so einfach in das Schlafgemach eines Mannes eindringen, ohne dass dies Konsequenzen nach sich zieht?“

Ihre Brust hob sich. „Aber ich war doch vorsichtig. Niemand hat mich gesehen.“

Er musste schmunzeln und schüttelte den Kopf. „Jane, Jane. Jemand hat dich gesehen.“

Ihre Augen weiteten sich. „Aber wer hat –“

„Ich, Jane. Ich habe dich gesehen.“

Sie atmete erleichtert aus, doch er zog sie fester an sich und sah sie eindringlich an.

„Und mein Schweigen ist nicht umsonst. Es kostet dich etwas.“

„Dein Schweigen?“ Ihre Kinnlade fiel herunter. „Aber du würdest doch niemandem sagen, dass ich ... ich meine, nach gestern Nacht ... ich dachte ...“, stammelte sie.

„Ja, gestern Nacht war umsonst. Ein Geschenk sozusagen.“ Er drückte seinen

Unterleib an sie und ließ sie seinen Körper spüren. Denn das kleine Spielchen hatte ihn erregt.

Ihre Augenlider flatterten. „Oh."

„Ja", murmelte er an ihrem Ohr und küsste das weiche Fleisch darunter. „Spürst du jetzt, was du mit mir anstellst? Was deine Anwesenheit in meinem Schlafgemach verursacht hat?"

Sie erbebte, doch er spürte keine Angst von ihr ausgehen. „J-ja."

„Dann gibst du also zu, dass du bestraft werden musst."

Sie zögerte, doch dann nickte sie langsam.

Er zog ihr Ohrläppchen zwischen seine Lippen und leckte mit seiner Zunge darüber. „Gut. Dann lass uns beginnen."

Er machte sich an ihrem Korsett zu schaffen und lockerte es nur soweit, bis er den Stoff ein paar Zentimeter nach unten ziehen konnte, genug, damit sich ihr Mieder unter ihren nackten Brüsten bauschte. Er blickte auf das Kunstwerk hinab, das er geschaffen hatte, und weidete sich an dem sinnlichen Anblick. Janes Nippel waren bereits hart. Es schien, dass die Aussicht auf eine Bestrafung sie genauso erregte wie ihn, wo sie doch gar nicht wusste, welche Strafe er für sie auserkoren hatte.

„Heute wirst du meine Dirne spielen", verkündete er und ließ seine Hände auf ihre Brüste gleiten.

Janes Kopf schoss hoch und sie starrte ihn entgeistert an. „Aber, ich –"

Schnell legte er einen Finger auf ihren Mund. „Keine Widerrede." Dann, um ihr zu zeigen, dass er ihr nicht wehtun würde, senkte er seinen Kopf und drückte sanfte Küsse auf ihre weiche Haut und knabberte zärtlich an ihrem Busen. Als sie sich entspannte und ein Stöhnen über ihre Lippen kam, hob er seinen Kopf. „Und jetzt zu deiner Strafe." Er trat einen Schritt zurück und deutete auf die Ottomane vor seinem Ohrensessel. „Knie dich darauf."

Sie starrte ihn an. „Aber –"

„Mach es, Jane. Und du wirst sehen, dass du deine Strafe sogar genießen wirst." Das hoffte er zumindest.

Schließlich kniete sie sich auf die niedrige Ottomane und er stellte sich vor sie, dass er ihr gegenüber stand. Ihr Kopf war nun auf Höhe seiner Lenden.

„Jane, öffne meine Hose und nimm meinen Schwanz heraus."

Sie schnappte nach Luft.

Marcello ergriff ihr Kinn und zwang sie, ihn anzusehen. „Erinnerst du dich, was ich gestern Nacht mit deiner Perle tat?"

Ihre Wangen röteten sich und sie schlug ihre Augenlider nieder.

„Antworte mir."

„Ja."

„Erinnerst du dich, wie es sich anfühlte, als du kamst?"

Dieses Mal nickte sie nur.

„Ich möchte, dass du das Gleiche für mich tust. Lass mich deine Lippen um meinen Schwanz fühlen. Nimm mich in deinen wunderschönen Mund." Mit seinem Finger fuhr er ihre Lippen nach. „Dein Mund ist dafür wie geschaffen. So perfekt." Ihre Lippen teilten sich und er schob seinen Finger in ihre feuchte Wärme. „Genau so, Jane. Du weißt genau, was du tun musst."

Er griff nach ihrer Hand und brachte sie zu

der Stelle, wo sein Schwanz sich gegen den Stoff seiner Hose drängte und verlangte, aus seinem Gefängnis befreit zu werden. Er drückte ihre Hand gegen seine Erektion und spürte die Wärme ihrer Handfläche. Unwillkürlich stöhnte er und warf seinen Kopf zurück. „Oh, Jane. Hab Erbarmen mit mir. Ich brauche dich."

Ihre Hand bewegte sich, und zuerst dachte er, dass sie seinem Wunsch nicht nachkommen würde, und wenn er ehrlich mit sich war, würde er sie nie dazu zwingen, doch dann begann sie, seine Hose aufzuknöpfen. Er stöhnte erleichtert auf. Eine Sekunde später spürte er kühle Luft gegen seinen schmerzenden Schwanz blasen. Er blickte hinab und beobachtete Jane, wie sie verwundert seine Erektion betrachtete. So, als hätte sie noch nie einen steifen Schwanz gesehen, geschweige denn einen berührt.

„Jane", murmelte er, denn in dem Moment wurde ihm plötzlich klar, dass Jane trotz der Tatsache, dass sie verheiratet war, noch unschuldiger war, als er selbst in der vorherigen Nacht geglaubt hatte.

„Du musst es nicht tun“, sagte er schnell und legte seine Hand auf ihre Wange.

Zu seiner Überraschung sah sie zu ihm hoch. „Aber ich will es doch.“ Zaghaft strich sie mit ihren Fingern über sein empfindliches Fleisch. „Du bist so … so groß.“ Sie legte ihre Hand um seine harte Wurzel. „Und so hart.“ Ihre Brüste hoben und senkten sich, ihre Nippel jetzt noch härter als zuvor. „Es fühlt sich gut an.“

Er konnte sein Glück kaum glauben. „Willst du mich kosten?“

Sie nickte.

„Nur zu. Schleck mit deiner Zunge über die Spitze. Dort bin ich am empfindlichsten.“

Sie brachte ihren Kopf näher und strich langsam mit ihrer Zunge über den knolligen Schwanzkopf. „Ist es so richtig?“

Seine Hände ballten sich zu Fäusten, damit er ihren Kopf nicht ergreifen konnte, um sich in ihren Mund zu stoßen. „Verdammt, Jane. Es ist perfekt. Besser als alles andere, das ich je erlebt habe.“

Seine Worte schienen sie anzuspornen, denn wie eine eifrige Schülerin begann sie, ihn begeistert zu lecken. Und dann, gerade als er dachte, er könnte kaum noch seine Beherrschung behalten, öffnete sie ihren Mund und wickelte ihre Lippen um seine Erektion, bevor sie ganz an ihm hinabglitt.

Er stöhnte laut auf und fluchte. „Verdammt! Jane!“

Sie schien zu verstehen, dass sein Ausruf sie nicht zum Stoppen bewegen sollte, sondern als Lob gemeint war, denn sie begann, an ihm auf und ab zu gleiten. Ein und aus. Vor und zurück. Gleichzeitig nahm sie ihre Hand zur Hilfe und pumpte seinen Schwanz im perfekten Rhythmus, einem Rhythmus, von dem er wusste, dass dieser ihn binnen weniger Momente zum Höhepunkt bringen würde. Und dann würde er seinen Samen in ihr ergießen, sie mit allem füllen, was er hatte.

Begierde und Leidenschaft wallten in ihm auf. Noch nie hatte ihn eine Frau mit solcher Hingabe geleckt. Und Jane war praktisch eine Unschuldige, keine Dirne, die dies täglich tat, sondern eine Lady, selbst wenn sie vor ihm kniete, ihre Brüste entblößt und in einer

Position, die Unterwerfung vorspielte. Doch er war derjenige, der sich ihr unterworfen fühlte.

Bei dem Gedanken spürte er, wie sich seine Hoden verkrampften. In letzter Sekunde zog er sich aus Janes Mund, gerade als die ersten Tropfen seines Samens aus der Spitze spritzten. Er richtete seinen Schwanz auf Janes Brüste und ließ seinen Samen auf ihre erhitzte Haut regnen.

„Oh, Gott, Jane!“, rief er aus, denn sie wich nicht von ihm zurück und empfing ihn stattdessen. Und als wäre das nicht genug, berührte sie ihre Brüste und verstrich seinen Erguss, als wäre es eine Creme, die ihre Haut geschmeidig machte.

Immer noch von seinem Orgasmus bebend, zog Marcello Jane hoch und nahm sie in seine Arme. Er küsste sie, während er sie zu seinem Bett trug, darauf legte und ihre Röcke hochschob.

Wenn ihm nicht so nach Blut verlangen würde, würde er sie jetzt ausgiebig lieben, doch dazu war jetzt keine Zeit, oder er würde riskieren, sie zu beißen. Aber er konnte sie jetzt nicht unbefriedigt lassen.

Er brachte seine Hand zu ihrem Kätzchen und begann, sie zu streicheln. Sie war nass, eine Bestätigung, dass sie es genossen hatte, seinen Schwanz zu lecken.

„Oh, Jane, was du für mich getan hast ...“ Er war sprachlos, also küsste er sie und liebkoste ihre kostbare Perle.

Jane begann zu stöhnen und seufzen, und ihre Hüften bewegten sich auf und ab, drängten sich seiner Hand entgegen. Ja, sie wollte ihn. Genauso wie er sie wollte. Ohne zu zögern, stieß er einen Finger in ihre warme Höhle. Gleichzeitig stöhnte er auf und ließ von ihren Lippen ab.

„Jane, du bist so eng. So köstlich eng.“ Er begann langsam und stetig in sie zu pumpen, während er weiterhin mit seinem Daumen ihre Perle streichelte.

Jane warf ihren Kopf von Seite zu Seite, während sich ihre Brüste hoben und senkten, immer noch von seinem Samen schimmernd.

„Ja, Jane, komm für mich. Lass dich gehen.“

Ihr Puls trommelte gegen ihre Haut, und ihre Halsschlagader rief zu ihm, versuchte ihn dazu zu verführen, sie zu beißen und ihr Blut zu trinken.

Er beschleunigte sein Tempo und übte mehr Druck auf ihre Perle aus, pumpte ihr Kätzchen härter, bis er endlich verspürte, wie ihr Körper unter seiner Berührung erbebte. Ein Schrei der Erlösung entkam ihrer Kehle und erleichtert hielt Marcello in seinen Liebkosungen inne.

„Marcello“, murmelte sie.

„Mmm.“ Er küsste ihre Lippen. Doch jetzt konnte er ihr Blut noch intensiver riechen. Er musste weg, jetzt sofort, oder es wäre zu spät.

„Meine Liebste, ich muss gehen.“

„Hmm?“

„Geschäfte. Bleib hier so lange du willst. Ich bin in ein paar Stunden wieder da.“

Dann sprang er aus dem Bett und marschierte in seinen Ankleideraum, schloss die Tür hinter sich und atmete scharf aus. Seine Reißzähne zeigten sich bereits. Er schnappte sich ein Hemd und zog sich an. Eine Minute später raste er, einen dunklen Umhang um seine Schultern geschlungen, die Treppe hinunter und aus dem Haus.

# 9

Nachdem sie sich gewaschen und angekleidet hatte, verließ Jane Marcellos Schlafgemach. Sie wanderte in dem großen Haus umher, doch alles war ruhig. Niemand außer ihr selbst schien sich im Haus aufzuhalten. Wo war nur Prudence? Doch so lange sie auch suchte, konnte sie ihre Zofe nicht finden. Hatte sie sich irgendwo mit dem Diener Adamo verschanzt? Ein Wunder wäre es nicht. Schließlich hatte Jane die Blicke gesehen, die die beiden sich verstohlen zugeworfen hatten.

Sie seufzte. Langeweile stellte sich bei ihr ein. Nicht einmal das Pianoforte konnte sie im

Moment reizen. Vielleicht würde ihr ein kurzer Abendspaziergang guttun.

Sie holte sich ihren Umhang und trat einige Momente später in die noch immer warme Nachtluft hinaus. Sie würde nicht weit gehen, nur um ein paar Ecken herum und dann wieder zurück. Nur um etwas frische Luft zu schnappen.

Während sie an prachtvollen Villen vorbeiging und durch dunkle Durchgänge spazierte, wurde sie abwechselnd mit glänzendem Mondschein belohnt und wieder in den Schatten getaucht. Sie folgte der Verlockung des Mondes, der sie in eine breitere Gasse führte, die an einem Kanal endete. Dort blieb sie stehen und ließ das kühle Mondlicht ihr Gesicht erhellen.

„Wunderschön", murmelte sie zu sich selbst.

Sie liebte diese Stadt, die Menschen, die darin lebten, und die Gerüche, die sie umgaben. Noch nie hatte sie sich so lebendig gefühlt. War Marcello daran schuld? Ihr Herz schlug immer noch wie wild, als sie daran dachte, was sich vor nur kurzer Zeit in seinem

Schlafgemach abgespielt hatte. Sie war vor ihm auf die Knie gegangen, hatte ihm Vergnügen geschenkt, wie es nur eine Dirne tun würde. Doch gleichzeitig hatte sie sich nicht erniedrigt gefühlt. Im Gegenteil: Sie hatte die Macht gespürt, die sie dabei über ihn hatte. Er hatte sich ihr hingegeben.

Sie schloss einen Moment die Augen und drückte ihre Hand an ihre Brust. Er hatte sich an ihren Brüsten ergossen, und doch hatte sie sich nicht beschmutzt gefühlt, sondern geehrt, dass er dieses Erlebnis mit ihr geteilt hatte. Machte sie das zu einer unanständigen Frau, zu einer Frau, die nicht besser als eine Dirne war? Selbst wenn es so wäre, wer würde es schon wissen? Niemand kannte sie hier in Venedig. Sie war hier sicher. Sicher in Marcellos Armen.

Sie wandte sich von dem Mond ab und wanderte weiter. Als sie Augenblicke später einen Glockenturm die Zeit schlagen hörte, beschloss sie, ihren Spaziergang zu beenden. Doch egal in welche Richtung sie blickte, alle Gassen sahen gleich aus. Hatte sie sich verlaufen?

„Oh, nein!“

Sie musste den Weg zu Marcellos Palazzo wieder finden. Vielleicht konnte sie jemanden fragen. Hörte sie dort in der Ferne nicht Stimmen? Rasch bog sie in die Gasse ein, aus der sie Geräusche kommen hörte. Sie lauschte aufmerksam. Weinte dort ein Kleinkind? Oder war das das Jammern einer Frau? Doch sie musste sich täuschen.

Plötzlich hörte sie wieder Stimmen. Sie hallten von einer anderen Gasse zu ihr. Tief und dunkel. Ein paar Männer möglicherweise? War es klug, fremde Männer um Hilfe zu bitten? Oder sollte sie lieber versuchen, in eine andere Richtung zu gehen? Unschlüssig blieb Jane stehen, doch plötzlich fröstelte sie unter ihrem Umhang trotz der warmen Nachtluft. Sie musste zum Palazzo zurück. Doch sie würde vorsichtig sein und zuerst auskundschaften, wer diese Männer in der nächsten Straße waren, bevor sie sie um Hilfe bat. Leise und bedacht darauf, keinen Laut zu machen, spähte sie um die Ecke.

Dort, vor einem Durchgang zwischen zwei Häusern stand ein Mann nahe an einer

Hauswand. Er war nicht alleine, doch Jane konnte nicht sehen, ob die andere Person eine Frau oder ein Mann war. Doch was sie sehen konnte, waren die Umrisse des Mannes, der die andere Person gegen die Wand drückte: Marcello Sebastiani. Seine große Statur, seine breiten Schultern sowie sein Profil waren unverkennbar.

Was machte er nur dort? Und befand er sich in der Gesellschaft einer Frau? Etwas schien sich um ihr Herz zu legen und zuzudrücken. Eifersucht?

Wie konnte er nur?

Unwillkürlich machte sie ein paar Schritte auf die beiden zu und musste feststellen, dass die Person keine Frau war, sondern ein junger Mann, der nicht sonderlich gross war.

Erleichtert atmete sie auf. Diese Begegnung hatte sicherlich mit dem Geschäft zu tun, das Marcello kurz zuvor erwähnt hatte. Und es sah so aus, als umarmten sich die beiden Männer nun zur Verabschiedung. Gut, dann konnte Marcello sie nach Hause begleiten.

„Marcello?“, rief sie ihm zu und hob ihre Hand zum Gruß.

Marcello wirbelte seinen Kopf in ihre Richtung, während der andere Mann sich nicht bewegte. Das Mondlicht schien nun direkt auf Marcellos Gesicht. Seine Augen funkelten sie wie rote Lampen an, und seine Lippen und sein Kinn waren mit einer roten Flüssigkeit verschmiert. Sein Mund war geöffnet und auch von seinen Zähnen tropfte diese Flüssigkeit. Doch es waren keine normalen Zähne. Im grellen Mondlicht konnte sie spitze Reißzähne ausmachen.

„Oh mein Gott, nein!“, schaffte sie hervorzuwürgen, bevor ihr die Angst die Kehle zuschnürte und ihr die Luft zum Atmen raubte. Plötzlich verschwamm alles um sie herum und Dunkelheit brach über sie herein.

---

Vor seinen Augen fiel Jane in Ohnmacht.

Marcello fluchte, während er von seinem Opfer abließ. Der junge Mann, an dem er sich gelabt hatte, sackte nun zusammen. Er war am Leben, doch bewusstlos. Marcello wischte sich mit einem Taschentuch das betrügerische Blut aus dem Gesicht, doch diese Handlung kam der gleich, die Stalltür nach dem Entkommen der Pferde zu schließen. Jane hatte alles gesehen. Verdammt, sie hatte gesehen, wie er Blut getrunken hatte. Tief im Blutrausch hatte er einfach nur aus Instinkt heraus reagiert, als er jemanden hatte seinen Namen rufen hören.

Was hatte Jane hier draußen, alleine und ohne Begleitung, getan? War sie ihm gefolgt? Er ging neben Jane in die Hocke und musste mit Entsetzen feststellen, dass sie sich an dem harten Kopfsteinpflaster bei ihrem Fall die Stirn angeschlagen hatte. Etwas Blut tropfte von einer winzigen Wunde.

Und verdammt, der Geruch ihres süßen Blutes katapultierte ihn fast ins Delirium. Er riss sich zusammen. Er musste einen klaren Kopf behalten. Jetzt mehr denn je. Schnell leckte er mit seiner Zunge über die Wunde, um diese zu schließen. Dabei versuchte er, den köstlichen Geschmack zu ignorieren, doch das war unmöglich.

„Beherrsche dich!“, warnte er sich mit einem Knurren.

Schnell hob er die immer noch bewusstlose Jane in seine Arme und trug sie aus der Gasse. Sie befanden sich nicht weit von seinem Palazzo entfernt und binnen weniger Minuten hatte er seine Haustür erreicht und trat diese beinahe ein.

Im Dunklen stieß er mit jemandem zusammen: Prudence.

Die Augen der Zofe weiteten sich und ihr Mund klappte auf. „Oh nein! Was ist geschehen?“

„Jane ist in Ohnmacht gefallen,“ sagte Marcello.

„Was haben Sie Miss Emery angetan? War sie mit Ihnen unterwegs?“ Misstrauisch blickte die Zofe ihn an.

„Nein. Sie war alleine in den Straßen. Wo warst du? Warum hast du sie alleine hinausgelassen?“, fuhr er sie wütend an.

Prudence schreckte zurück. „Ich war ... ich wusste nicht, dass sie wegging. Als ich es bemerkte, wollte ich mich sofort aufmachen, sie zu suchen.“ Sie deutete auf ihren Umhang, der ihre Worte unterstrich.

„Mmm.“ Marcello steuerte die Treppe an. „Ich werde sie ins Bett bringen. Folge mir! Du musst dich um deine Herrin kümmern.“

Er trug Jane hinauf in den ersten Stock. Prudence eilte an ihm vorbei und öffnete die Tür zu ihrem Schlafgemach, wo er Jane auf das Bett legte. Dann trat er zurück und blickte Prudence streng an.

„Ich verlasse mich darauf, dass du sie pflegst.“ Er verengte seine Augen.

Prudence machte einen schnellen Knicks, dann machte sie sich an Jane zu schaffen und löste die Bänder ihres Mieders. Als Marcello sich nicht von der Stelle bewegte, wandte sie ihren Kopf zu ihm. „Signore! Ich muss Milady jetzt entkleiden!“

Mit einem kurzen Nicken machte er kehrt und verließ den Raum.

Draußen versuchte er, sich mit langen Atemzügen zu beruhigen. Jane hatte einmal gesagt, dass sie Überraschungen mochte. Doch nur die guten, hatte sie hinzugefügt. Herauszufinden, dass ihr Liebhaber ein Vampir war, galt definitiv als Überraschung. Doch fraglich war, ob es eine gute war.

Was, wenn Jane nun in Panik von ihm davonlief? Das konnte er nicht riskieren. Denn er konnte sie nicht aufgeben, nicht nachdem er ihr Blut gekostet hatte, selbst wenn es nur ein winziger Tropfen gewesen war.

# 10

Jane fühlte etwas Kühles auf ihrer Stirn und öffnete die Augen.

Sie stellte fest, dass sie in ihrem Bett in Marcellos Palazzo lag und Prudence ihr ein feuchtes Tuch auf die Stirn drückte.

„Milady, endlich!“, rief ihre Zofe erleichtert aus. „Ich hatte mir schon solche Sorgen gemacht.“

Jane setzte sich trotz Prudences Protest im Bett auf. „Es geht mir gut. Kein Grund zur Sorge.“

„Aber der Signore hat Sie nach Hause

tragen müssen. Er sagte, Sie seien ohnmächtig geworden.“

Jane machte eine abweisende Handbewegung. Für die Sorge ihrer Zofe hatte sie jetzt keine Muße. Sie hatte andere Bedenken. „Es ist alles in Ordnung. Ist Signor Sebastiani zuhause oder ist er wieder weggegangen?“

Prudence warf ihr einen sonderbaren Blick zu. „Er hat sich zurückgezogen.“

„Hmm.“ Das war ihr recht. Sie gähnte übertrieben. „Ich glaube, ich werde auch schlafen.“ Sie blickte an sich hinab und sah, dass Prudence sie entkleidet hatte und sie jetzt nur noch ihr Unterkleid trug. „Du darfst dich zurückziehen.“

„Sind Sie sicher, Milady?“

Jane nickte und gähnte nochmals. „Ja, natürlich. Ich bin müde. Ich werde sicherlich in einer Minute einschlafen.“

„Na gut“, sagte Prudence zögernd.

Ein paar Augenblicke später hatte die Zofe Janes Gemach verlassen. Jane atmete erleichtert auf. Sie schloss ihre Augen und dachte zurück an die Geschehnisse in der dunklen Gasse. Nein, sie hatte sich nicht getäuscht. Sie wusste, was sie dort bei dem Durchgang gesehen hatte. Was sie Marcello hatte tun sehen. Sie hatte nicht geträumt.

„Reißzähne“, flüsterte sie. Dessen war sie sich sicher.

Und Blut auf seinen Lippen und seinem Kinn. Er hatte einem hilflosen jungen Mann das Blut ausgesaugt. Das Mondlicht hatte seine Tat entblößt. Daran gab es keine Zweifel. Er war kein Mensch. Er war eine andere Kreatur, ein Wesen, das einem Biest gleichkam. Doch warum hatte er sie dann nicht angegriffen? Warum hatte er sie nach Hause getragen und in der Obhut ihrer Zofe gelassen?

Diese Frage ließ sie nicht mehr los. Sie würde heute Nacht nicht schlafen können, wenn sie nicht versuchte, die Wahrheit herauszufinden. Die Wahrheit über Marcello Sebastiani, ihren Liebhaber.

Sie stieg aus dem Bett, schlüpfte in ihre Robe und schnürte den Gürtel eng an ihrer Taille zusammen. Dann verließ sie leise ihr Gemach und schlich sich die Treppe zum dritten Stock hinauf, wo sich Marcellos private Räume befanden.

Die Tür zu seinem Schlafgemach war nur angelehnt. Sie spähte durch den Spalt und sah Marcello vor dem brennenden Kamin stehen. Sie drückte die Tür weiter auf und machte einen Schritt in den Raum, angezogen von dem Anblick, der sich ihr bot. Marcello trug nur eine Hose. Sein muskulöser Oberkörper war nackt. Er strahlte Stärke aus und sie leckte sich unwillkürlich die Lippen. Noch ein Schritt und der Fußboden knarzte unter ihren Füßen.

Marcello wirbelte herum und starrte sie an. Dieses Mal gab es kein Aufblitzen von Reißzähnen. Stattdessen sah er sie für einen Moment unsicher an, doch dann breitete sich ein verführerisches Lächeln auf seinem Gesicht aus.

„Du betrittst also schon wieder unangekündigt mein Schlafgemach."

Sie zog scharf den Atem ein. „Letztes Mal hattest du auch nichts dagegen einzuwenden."

„Wenn du dich recht erinnerst, musste ich dich letztes Mal dafür bestrafen." Sein Blick fiel auf die Ottomane, auf der sie vor ihm gekniet hatte, während sie Dinge getan hatte, für die sie nicht einmal einen Namen hatte.

Hitze schoss in ihre Wangen. Doch sie durfte sich nicht ablenken lassen.

„Ich brauche Antworten von dir."

Marcello zuckte mit den Schultern. „Antworten? Bezüglich was?"

„Bezüglich dem, was heute in jener Gasse geschehen ist." Sie holte Luft. „Bist du eine Kreatur?"

Als er zögerte, fügte sie hinzu. „Ich sah Blut und deine Zähne. Ich weiß, was du getan hast."

Er schüttelte den Kopf. „Es war zu dunkel, um irgendetwas zu sehen. Deine Fantasie ist mit dir durchgegangen. Ich bin mir sicher, nach etwas Schlaf fühlst du dich besser."

„Ich fühle mich bereits jetzt ausgezeichnet. Und meine Fantasie ist nicht mit mir durchgegangen. Ich weiß, was ich gesehen habe. Du hast diesen Mann gebissen. Du hast sein Blut getrunken. Das Mondlicht hat dich verraten. Ich sah deine Zähne."

„Hmm." Er studierte sie und ging langsam auf sie zu. „Und obwohl du glaubst, so etwas gesehen zu haben, wagst du dich in mein Gemach? Was, wenn ich wirklich eine Kreatur wäre, eine Kreatur, die Menschen beißt und ihr Blut trinkt?“

Sie stellte sich seinem durchdringenden Blick und straffte ihre Schultern. „Ich muss die Wahrheit wissen. Das schuldest du mir. Nach all dem, was zwischen uns geschehen ist.“ Sie wandte ihren Blick zu der Ottomane, um ihn daran zu erinnern, was sich nur Stunden zuvor hier abgespielt hatte.

Als sie ihn wieder ansah, nickte er langsam. „Wie du wünschst.“

Bevor sie noch wusste, was er vorhatte, stürzte er plötzlich auf sie zu, packte sie bei den Oberarmen und drückte sie gegen die Wand.

Sie hätte aufgeschrien, hätte ihr der Anblick, der sich ihr nun bot, nicht die Kehle zugeschnürt. Marcello hatte seinen Mund geöffnet, wo zwei scharfe Fänge hervorblitzten.

Er rüttelte sie an den Schultern. „Fall jetzt nicht in Ohnmacht, Jane. Du wolltest sie doch sehen. Also sieh sie dir an. Sieh mich an. Wenn du dich traust.“

Wenn sie sich traute? Natürlich traute sie sich!

Jane rappelte all ihren Mut zusammen und fokussierte ihren Blick auf Marcellos Zähne. Die zwei Reißzähne waren doppelt so lang wie seine anderen Zähne. Und ... sie waren faszinierend, nein, nicht nur das, sie waren schön.

„Darf ich sie berühren?“

Jetzt schien er derjenige zu sein, der verblüfft war. Er stemmte sich mit einer Hand an der Wand neben ihrem Kopf ab und beugte sich näher. „Nur zu.“

Mit einem kräftigenden Atemzug hob sie ihre Hand und ließ ihren Finger über einen Reißzahn gleiten. Als Marcello sich nicht bewegte, wagte sie es, die scharfe Spitze zu berühren. „Oh!“

Er ergriff ihre Hand, bevor sie ihren Finger zurückziehen konnte. Sein Reißzahn hatte ihre Fingerkuppe gestochen und ein Tropfen Blut sickerte heraus. Marcello leckte den Tropfen auf und sog dann ihren Finger in seinen Mund und saugte so daran, wie sie an seiner Erektion gesaugt hatte.

Jane stöhnte auf. Die Seide ihres Unterkleides rieb an ihren steifen Brustwarzen. Doch sie durfte seiner Verführung nicht erliegen … noch nicht. Sie zog ihren Finger aus seinem Mund.

„Ich muss die Wahrheit wissen, Marcello. Bist du ein …?“

„Vampir“, antwortete er.

Also war es wahr. „Möchtest du mich beißen?“, wollte sie wissen.

Er lächelte unerwartet. Gleichzeitig zogen sich seine Reißzähne zurück und sahen plötzlich wie ganz normale Zähne aus. „Noch nicht. Aber es gibt etwas, was ich jetzt von dir will.“

„W-was?“

Er brachte seinen Mund zu ihrem Ohr. „Ich will dich ficken, Jane.“

# 11

Marcello wusste, dass Jane jetzt für ihn bereit war. Er musste sich nicht mehr zurückhalten, denn nun kannte sie sein Geheimnis. Die Gefahr, sich während eines leidenschaftlichen Liebesaktes zu verraten, bestand nicht mehr. Selbst wenn er während des Sexaktes seine Fangzähne zeigte, würde sie nicht vor ihm zurückschrecken. Er konnte sein Glück kaum fassen: Jane hatte seine Fänge berührt, als wäre sie von ihnen fasziniert. Als erregte sie die Tatsache, dass er ein Vampir war. War das wirklich möglich?

Er ließ von Jane ab und machte sich am Gürtel ihrer Robe zu schaffen, löste ihn und schob ihr dann das Gewand über die Schultern. Unter dem dicken Damaststoff trug sie nur ein dünnes Unterkleid. Es war praktisch durchsichtig und er konnte sehen, dass sich ihre Nippel gehärtet hatten.

Als hätte er jedes Recht dazu, rieb er seine Daumen über die harten Knospen. Wie er erhofft hatte, stöhnte Jane genüsslich auf.

„Willst du, dass ich dich ausziehe? Oder soll ich dir das Kleid lieber vom Leib reißen wie ein wildes Tier?“

Etwas leuchtete in ihren Augen auf. Marcello erkannte sofort, dass es nicht Angst war. Nein, dieses kleine Luder war auf ein Abenteuer aus.

Er zog einen Mundwinkel hoch. „Na gut, dann, dein Wunsch ist mir Befehl.“

Mit beiden Händen ergriff er ihr Unterkleid am Ausschnitt und riss den dünnen Stoff bis zum Saum entzwei. Jane keuchte schockiert, als hätte sie nicht erwartet, dass er seine Worte wirklich in die Tat umsetzen würde.

Er lachte leise und ließ seine Hände über

ihre entblößten Brüste gleiten. „Mein Täubchen, du solltest eine Sache am besten gleich lernen: Ich bin ein Mann meines Wortes.“ Dann senkte er eine Hand und brachte sie zum Scheitelpunkt ihrer Beine. Sofort drückte sie ihr Geschlecht gegen seine Hand. Er drängte einen Finger zwischen ihre Falten. „Jane, du bist ja schon ganz feucht. Und dabei habe ich doch noch gar nicht angefangen. Was soll ich denn nur mit so einem lüsternen Frauenzimmer anfangen?“

„Sie ficken.“

Kaum waren die Worte heraus, schlug Jane sich auch schon die Hand vor den Mund. Beschämt versuchte sie, ihren Blick abzuwenden, doch Marcello ergriff mit seiner anderen Hand ihr Kinn und zwang sie, ihn anzusehen.

„Mir scheint, du bist eine ausgezeichnete Schülerin“, meinte er schmunzelnd. „Ich glaube, ich werde dir noch mehr Worte beibringen müssen, die du mir zuflüstern darfst, während ich dich ficke.“

Sie sagte nichts, doch ihre Hüften bewegten sich und sie rieb ihr Geschlecht an seiner Hand. Er verwehrte ihr nicht, was sie so offensichtlich wollte, und begann, ihre Perle zu liebkosen. Ihre Augenlider begannen zu flattern, während sich ihre Brüste hoben und senkten.

„Ah, ja, du kannst es gar nicht erwarten, bis ich meinen Schwanz in dich stoße und dich reite, bist du kein Glied mehr bewegen kannst."

Als sie immer noch nichts sagte, stieß er seinen Finger in sie und forderte: „Gib es zu, Jane, oder ich höre auf!"

Ein sichtbares Beben durchfuhr sie. „Ja, ja, ich will es."

„Was willst du? Sag es mir."

Sie schluckte und er entzog ihr seinen Finger. Schnell antwortete sie: „Deinen Schwanz. Ich will deinen Schwanz in mir spüren."

Langsam ließ er seinen Finger zurück in ihre feuchte Scheide gleiten und beugte sich näher. „Das war doch gar nicht so schwierig, oder?" Dann presste er Küsse auf ihre Brüste und spürte, wie sie sich ihm entgegendrängte. Sie war bereit für ihn.

Und wenn er ganz ehrlich mit sich selbst war, dann konnte auch er keine Sekunde länger warten. Er hob Jane hoch und legte sie auf das Bett, ohne sie überhaupt ihres Unterkleides zu befreien. Schneller als je zuvor entledigte er sich seiner Schuhe und seiner Hose. Darunter trug er nichts.

Als er nackt vor ihr stand, bemerkte er, wie sie ihn musterte und ihre Augen anerkennend über seinen Körper schweifen ließ. Dort wo sich sein harter Schwanz gegen seinen Bauch krümmte, verweilte ihr Blick und sie leckte sich die Lippen.

Sofort erinnerte sie ihn damit daran, wie sie ihn so meistervoll geblasen hatte, doch im Moment wollte er etwas ganz anderes.

„Marcello, bitte, lass mich nicht warten", bettelte sie. „Ich verbrenne von innen heraus."

Er gesellte sich zu ihr auf das Bett und rollte über sie, machte sich Platz zwischen ihren gespreizten Beinen. Sein Schwanz drängte sich auch schon gegen ihr feuchtes Fleisch und obwohl er normalerweise ein rücksichtsvoller Liebhaber war, der eine Frau mit langem Vorspiel vorbereitete, konnte er dafür dieses Mal nicht die Geduld aufbringen. Er musste in Jane sein. Er musste sie mit seinem Schwanz in Besitz nehmen.

Mit einem einzigen Ruck drang er tief in Janes einladendes Kätzchen ein und vergrub seinen Schwanz bis zum Anschlag in diesem Paradies.

Jane entfuhr ein erstauntes Keuchen und ihr Körper versteifte sich unter ihm. Sofort hielt er inne.

„Tue ich dir weh?“ Er suchte in ihrem Gesicht nach Anzeichen von Schmerz.

Sie atmete langsam aus. „Du bist so groß.“

„Zu groß?“ Er zog seine Hüften etwas zurück, um ihr Erleichterung zu verschaffen, doch zu seiner Verwunderung waren ihre Hände plötzlich auf seinem Po und drängten ihn zurück, sodass sein Schwanz wieder bis zum Ansatz in sie stieß.

„Bitte, es fühlt sich gut an. Hör nicht auf“, verlangte sie.

„Jane“, murmelte er verwundert und küsste sie sanft auf die Lippen. „Du bist mehr, als ich erwartet hatte. Viel mehr.“

„Dann fick mich. Bitte!“

Und dem Flehen einer Lady hatte er noch nie widerstehen können. Besonders nicht, wenn sie sich im Bett wie eine erfahrene Dirne benahm.

Als Marcello sich in Jane zu bewegen begann, wurde ihm sofort klar, dass er dies nicht lange durchhalten würde. Sie war zu aufregend, zu sinnlich, zu verführerisch. Mit jedem Eintauchen in ihren himmlischen Körper spürte er immer mehr, wie er die Beherrschung über seinen Körper verlor, wo er sich doch sonst immer im Griff hatte. Doch mit Jane war alles anders. Ihr hilfloses Stöhnen, ihre tiefen Seufzer und das verwunderte Staunen, das aus ihren Augen strahlte, drang bis zu seinem Herzen und nistete sich dort ein. Und je länger er in sie hineinpumpte, je mehr sie mit ihren inneren Muskeln seinen Schwanz drückte, als wollte sie ihn melken, desto mehr brannten seine Hoden mit dem Drang, ihren Samen in sie zu schießen.

Und obwohl er wusste, dass es unweise war, solch einen Gedanken überhaupt zu erwägen und das Risiko auf sich zu nehmen, sie zu schwängern, trieb ihn genau dieser Gedanke an.

„Du gehörst mir!“, rief er aus und spürte gleichzeitig, wie Jane unter ihm erbebte, als akzeptierte sie seine Forderung. Und um ihr klarzumachen, dass er es auch meinte, fickte er sie nur noch härter, trieb seinen Schwanz noch tiefer in sie.

„Ja! Oh, ja! Genau so!“, ließ sie ihn stöhnend wissen.

Die Worte sandten ihn über den Abgrund. Er spürte, wie sein Samen durch seine Erektion schoss und von der Spitze explodierte – während er immer noch in ihr war. In Janes Augen sah er, dass sie es auch spürte, dass sie wusste, was geschah, doch in dem Moment kam auch sie zum Höhepunkt. Er spürte die Wellen ihres Orgasmus gegen seinen Schwanz schlagen und ihn nochmals entflammen.

Doch egal wie hoch ihn sein Orgasmus peitschte, er brach keine Sekunde den Augenkontakt mit Jane, denn die Glückseligkeit, die sich dort widerspiegelte, die Zuneigung, die er dort zu sehen glaubte, raubte ihm den Atem.

„Oh, Jane“, murmelte er und verlangsamte seine Bewegungen, tauchte nun langsam und gemächlich in ihre durchtränkte Scheide ein und zog sich wieder heraus. „Oh, Jane.“ Er nahm ihre Lippen gefangen und küsste sie, bis sie sich schließlich beide nicht mehr bewegten.

---

Noch nie hatte Jane während des Liebesaktes so etwas verspürt. Solch eine Verbindung. Ihr Gemahl hatte die Sache immer im Dunkeln, die Augen fest geschlossen, hinter sich gebracht, sie geritten wie eine Kuh, die nicht wusste, was ihr geschah. Dafür war sie dankbar gewesen. Doch das hier, mit Marcello, war anders. Er hatte ihr in die Augen gesehen, als sie beide zum Höhepunkt gekommen waren. Er hatte sie sehen lassen, was er dabei empfand. Es war, als hätte sie in seine Seele gesehen. Die Seele eines Vampirs.

Sie würde diesen Akt nie wieder mit einem anderen Mann ausführen können, denn sie hatte gerade entdeckt, was Perfektion war.

Als Marcello sich plötzlich bewegte, dachte sie, er würde das Bett verlassen, doch zu ihrer Freude rollte er sich nur von ihr ab, um sich neben sie auf den Rücken zu legen und sie auf seine Brust zu ziehen. Er drückte ihr einen Kuss auf ihr Haupt.

„Fühlst du dich gut?"

„Besser als je zuvor."

„War ich nicht zu roh?", fragte er besorgt.

Sie hob ihren Kopf und lächelte ihn an. „Du warst genau so, wie du sein solltest."

„Du meinst für einen Vampir?"

„Für einen Mann. Aber da du gerade das Thema anschlägst ..." Denn obwohl Marcello ihr gestanden hatte, dass er ein Vampir war, hatte er ihr keinerlei Gelegenheit gegeben, Fragen zu stellen. Und Fragen hatte sie jede Menge.

„Ich habe dir doch schon gesagt, dass ich ein Vampir bin, und dass ich dir nicht wehtue. Habe ich dir das nicht gerade bewiesen?" Er sah sie mit einem verführerischen Lächeln an.

Doch dieses Mal würde sie sich nicht von ihm ablenken lassen. „Und du glaubst wirklich, damit ist es abgetan? Ich habe Fragen."

Er verdrehte gespielt die Augen. „Natürlich hast du die."

Sie boxte ihm spielerisch in die Schulter.

„Also gut", lenkte er ein. „Aber du musst mir versprechen, dass du niemandem erzählst, was ich dir offenbare. Meine Freunde und ich müssen unser Geheimnis wahren."

„Du und deine Freunde? Sind sie auch Vampire? Carlo, der Mann, mit dem du in Signor Riccis Haus aufgetaucht bist?"

Er nickte. „Aber das musst du für dich behalten."

„Ich verspreche es. Ist Venedig mit eurer Art sehr überlaufen?"

„Durchaus nicht." Dann sah er sie verwundert an. „Aber du scheinst mir diese Offenbarung eher gelassen hinzunehmen. Macht dir die Tatsache, mit einem Mann im Bett zu liegen, der Fänge hat und vom Blut anderer lebt, nicht Angst? Warum fällst du nicht in Ohnmacht?"

„Weil ich schon einmal beim Anblick deiner Reißzähne in Ohnmacht gefallen bin. Ich brauche nicht lange, um etwas zu akzeptieren, selbst wenn es anfangs schwierig ist. Aber ich würde gerne mehr über Vampire erfahren. Wie wurdest du zu einem?“

„Mir wurde keine Wahl gegeben. Aber ich habe gelernt, als Vampir zu leben und zu überleben, und jetzt ist es, als wäre ich dafür bestimmt gewesen. Ich bin stolz auf das, was ich bin, Jane. Und um es gleich vorwegzunehmen: Ich muss niemanden töten, um zu überleben.“

„Es freut mich, das zu hören. Ich war nicht sicher ...“

Plötzlich hob er seine Hand und strich mit seinem Finger ihre Halskuhle entlang. „Wenn ich mich ernähren muss, dann beiße ich hier. Das Blut fließt schnell und es dauert nicht lange für mein Opfer. Selbstverständlich kann ich das Blut auch von einer anderen Körperstelle nehmen, aber ich bevorzuge den Hals. Vor allem, wenn ich mich von einem Mann ernähre.“

Sie erinnerte sich an den Mann in der Gasse. „Beißt du nur Männer?“

„Nein, aber wenn ich eine Frau beiße, ist es meistens ...“ Er zögerte.

Als sie ihn erwartungsvoll ansah, sprach er

weiter. „… sexuell. Ich versuche mein Verlangen nach Blut von meiner sexuellen Begierde getrennt zu halten. Ein Vampir, der während des Sex eine Frau beißt, muss oft feststellen, dass er anfängt, Gefühle für die Frau zu entwickeln. Und das kann kompliziert werden."

„Du meinst, weil die Frau sterblich ist und du unsterblich?"

Er nickte.

„Oh." Jane schluckte. „Dann würdest du mich also nicht beißen?"

„Oh, Jane. Natürlich möchte ich das. Aber ich würde es nie gegen deinen Willen tun. Dich nie drängen. Was du mir heute Nacht gegeben hast, ist schon mehr, als ich je erwartet hatte. Du schenkst mir mehr Freude, als ein Biss das je tun könnte."

„Und der Biss … ein Biss verwandelt einen Menschen also nicht in einen Vampir? Heißt das, Vampire wurden so geboren? Wurdest du als Vampir geboren?"

Ein schwerer Seufzer kam von seiner Brust. Langsam schüttelte er den Kopf. „Nein. Ich war ein Mensch. Ich wuchs hier in Venedig auf. Ich war der älteste von drei Brüdern und vier Schwestern. Wir waren glücklich. Privilegiert. Ich war fünfundzwanzig und gerade ein paar Tage zuvor von meiner Rundreise durch Europa zurückgekommen, als uns Vampire eines Nachts hier im Palazzo angriffen. Ich weiß nicht aus welchem Grund. Aber sie hatten es nur auf unsere Familie abgesehen. Möglicherweise gab es ein politisches Motiv. Sie fielen wie ein Schwarm Heuschrecken über uns her. Damals hatte ich das Gefühl, es waren Hunderte, doch vermutlich waren es nur ein Dutzend. Sie attackierten zuerst meine Eltern und mich, die stärksten. Dann fielen sie über meine jüngeren Geschwister her. Sie töteten alle. Ließen sie blutend am Boden, auf Betten und Sesseln liegen, ihre Eingeweide säumten den Holzboden und tränkten ihn in Blut. Ich kann immer noch die Gesichter meiner Geschwister und ihre Augen mich anstarren sehen."

„Oh du lieber Gott!" Jane ergriff seinen Oberarm. „Das ist schrecklich."

„Das war es. Doch aus irgendeinem Grund überlebte ich. Sie hielten mich für tot und verschwanden. Aber ich schaffte es, mich aufzurappeln. Ich blutete aus einer enormen Halswunde, kroch über die Leichen meiner Familie und rief um Hilfe.“ Er seufzte. „Ein anderer Vampir kam, einer, der nicht zu denen, die meine Familie getötet hatten, gehörte. Carlo, der Mann, den du in Signor Riccis Haus getroffen hast. Ich war dem Tod nahe, wäre auch gestorben, aber Carlo fragte mich, ob ich für immer leben wollte und in meiner Verzweiflung sagte ich ja. Er verwandelte mich, indem er mir sein Blut zu trinken gab, als ich im Sterben lag. Er brachte mir bei, als Vampir zu leben, meinen Blutrausch zu beherrschen und im Verborgenen zu leben. Denn wir beide wussten, dass ich gejagt würde, sollte jemand herausfinden, was aus mir geworden war.“

„Das tut mir so leid für dich.“

„Muss es nicht. Ich bin jetzt stark. Ich lebe schon sehr lange. Ich habe so viele erstaunliche Dinge gesehen und erlebt. Könige getroffen und mit Königinnen getanzt. Wenn nur die Stadt jetzt nicht dabei wäre, mir mein eigenes Haus wegnehmen zu wollen, dann hätte ich keinerlei Sorgen.“

„Warum das? Wissen sie, dass du ein Vampir bist?"

„Nein. Und das werden sie auch nie herausfinden. Aber das Grundbuchamt stellt in Frage, dass ich der Eigentümer dieses Palazzos bin. Sie behaupten, dass sie keinerlei Aufzeichnungen finden können. Natürlich nicht, denn ich lebe ja schon jahrhundertelang hier."

„Jahrhunderte?" Jane stützte sich auf ihren Ellbogen und starrte ihn verwundert an. „Wie alt bist du?"

Er zuckte mit den Schultern. „Ich wurde im 14. Jahrhundert geboren."

„Oh, mein Gott. Du bist schon ... fünfhundert Jahre alt?"

„Ungefähr."

„Aber du siehst so jung aus."

„Das ist einer der Vorteile, unsterblich zu sein."

Sie konnte es kaum fassen. Es gab so viel, das sie verarbeiten musste. Seine tragische Vergangenheit betrübte sie, und doch war etwas Gutes daraus entstanden: Er hatte Unsterblichkeit erlangt. Und der Preis: Er musste menschliches Blut trinken.

„Musst du von einem lebendigen Menschen trinken?“

„Blut? Ja. Das Blut eines Leichnams würde mich krank machen. Genauso wie das eines Tieres.“

„Faszinierend.“

„Wirklich?“

„Ja.“

Außerordentlich faszinierend! Und sie hatte nicht einmal Angst, dass er sie vielleicht beißen würde. Denn der Gedanke, von demselben virilen Mann gebissen zu werden, der gerade ihren Körper unbeschreibliche Hochgefühle hatte erfahren lassen, erregte sie.

Sie hatte das Gefühl, dass dieser Mann, dieser Vampir, so viel Gutes in sich hatte. Und wie dankte die Stadt es ihm? Indem sie ihm sein Zuhause wegnehmen wollten. Wie beschämend!

„Warte!“ Jane setzte sich im Bett auf. „Der geheime Raum in meinem Schlafgemach!“

„Was ist damit?“

Sie rollte sich von ihm ab und stieg aus dem Bett. „Wir müssen den Raum durchsuchen! Neben den vielen Schätzen sah ich dort auch einige Stapel Dokumente. Vielleicht ist eine Eigentumsurkunde für dein Haus darunter.“

Marcellos Mund fiel auf und er starrte sie verwundert an. „Jane, das ist eine ausgezeichnete Idee! Lass uns gleich nachsehen.“

# 12

Es war schon früher Morgen, als Marcello und Jane den Geheimraum hinter dem Kamin in Janes Schlafgemach betraten. Die Kerze in Marcellos Hand warf ein sanftes Licht auf die gesammelten Schätze.

„Es ist schon ewig her, seit ich hier gewesen bin. Ehrlich gesagt, hatte ich die Kammer vergessen."

„Sieh dir das an." Jane ließ ihre Finger über einen mit Juwelen verzierten Kasten gleiten, den Marcello als den erkannte, in dem die Juwelen seiner Mutter aufbewahrt waren.

„Ich habe noch nie so viele Smaragde gesehen“, murmelte Jane ehrfürchtig.

„Mach ihn auf.“ Er stellte die Kerze ab und trat neben sie. Sie schmiegte sich an seine Seite, während sie den Kasten öffnete. Das Gefühl, sie so nahe zu spüren und zu wissen, dass er ihr Vertrauen besaß, war unermesslich. Fast so unermesslich wie die Juwelen in der Schatulle.

Jane öffnete den Deckel und keuchte aufgeregt. Wunderschöne Schmuckstücke funkelten im Kerzenlicht.

„Du musst sie anprobieren.“

„Was?“ Erstaunt blickte sie ihn an. „Ich kann doch nicht …“

Sie verstummte, als er eine Diamantkette herausnahm und sie ihr einfach um den Hals legte, dann an ihrem Nacken verschloss.

„Ich habe noch nie Diamanten getragen.“ Sie erbebte unter seiner Berührung. „Oh, sie funkeln so hell.“

„Nicht so hell wie deine Augen, Liebste.“ Er küsste sie und stöhnte, denn der Kuss erweckte jedes Teil seines Seins. „Willst du sie haben?“

„Aber … sie muss doch jemandem gehören.“

„Sie gehörte einmal meiner Mutter. Ich möchte, dass du sie trägst. Wenn du das willst.“

„Deine Mutter …“, flüsterte sie.

Er rieb seine Nase liebkosend an ihren Hals. „Es würde mir viel bedeuten, sie an dir zu sehen. Du erinnerst mich ein bisschen an sie.“

„Aber das müssen doch schlimme Erinnerungen sein.“

„Meine Mutter war gütig und wunderschön. Ich habe nur gute Erinnerungen an sie. Und ihr Lachen. Sie liebte Musik, so wie du. Obgleich das Pianoforte nicht existierte, als sie lebte. Bitte trag die Kette, ja?“

Jane nickte. „Ich fühle mich geehrt.“ Dann deutete sie auf eine dunkle Ecke im Raum. „Ich glaube, dass ich dort einen Stapel Dokumente gesehen habe.“

„Lass uns mal einen Blick darauf werfen.“

Nachdem sie stundenlang durch die alten Papiere geblättert hatten, die teilweise so vergilbt und brüchig aussahen, dass Marcello Angst hatte, sie würden bei der geringsten

Berührung zu Staub zerfallen, fanden sie schließlich seine Geburtsurkunde. Und es schien, dass es, mit etwas Sorgfalt und Geschick und der richtigen Tinte, möglich sein würde, das Geburtsjahr zu ändern. Zusammen mit dieser Urkunde und der ursprünglichen Besitzurkunde, die ebenfalls unter den Papieren war, würde er beweisen können, dass er der Besitzer des Palazzos war und dieser schon seit Generationen seiner Familie gehörte.

„Mein Anwalt wird sich freuen."

„Und du?"

„Ich mich auch. Wenn du nicht herumgeschnüffelt hättest, hätte ich mich nie an diesen Raum erinnert. Ich weiß gar nicht, wie ich dir danken soll."

„Du musst mir nicht danken. Du tust schon genug für mich. Mit dir bin ich beinahe frei."

„Beinahe?" Marcello runzelte die Stirn.

Sie seufzte. „Ich bin immer noch verheiratet, doch wenn ich mit dir zusammen bin, dann vergesse ich das fast."

„Aber nicht ganz."

Sie schüttelte den Kopf. „Ich möchte meine

Ehe beenden. Doch eine Scheidung kommt für meinen Gemahl nicht in Frage. Und ich bin mir nicht sicher, wie eine Annullierung vor sich gehen würde."

„Warum ist er so gegen eine Scheidung? Schließlich würde sich das als mehraus demütigender für dich heraussstellen als für ihn."

„Ich würde darüber schnell hinwegkommen. Ich habe bereits die Schande, von meiner Familie ausgestoßen zu werden, über mich ergehen lassen. Es ist mir egal, was irgendjemand von mir hält. Aber er ..."

„Er hat dich geschlagen, Jane. Dafür gibt es keine Entschuldigung Er muss die Konsequenzen seiner Handlungen auf sich nehmen."

Sie seufzte. „Vielleicht verstehst du die Situation nicht, in der ich mich befand. Ich habe vier Schwestern und alle haben einen besseren Gemahl erhascht als ich. Ich bin einfach nicht hübsch genug und hatte nicht die Auswahl, die meine Schwestern hatten."

„Nicht hübsch genug? Jane, du bist wunderschön. Wer würde dir denn einreden, dass du nicht schön bist? Dass du keinen guten Mann verdienst?“

„Du bist zu gut, Marcello. Aber wenn ich meine Schwestern ansehe, ihre blauen Augen und ihre blonden Haare …“ Sie deutete zu ihrem Haar. „… dann bin ich praktisch das schwarze Schaf.“

Er küsste ihr Haupt. „Dein Haar ist wie die Nacht, wunderschön und unergründlich. Und ich liebe die Nacht.“

„Hmm. Mein Vater sah es nicht so. Vor etwa zwei Jahren nahm er das beste Angebot an, das er für mich finden konnte. Er heißt Thatcher Emery. Und er ist Pastor in einem kleinen Dorf in Kent.“

„Dein Gemahl ist ein Geistlicher?“

Sie nickte.

„Das ist verrückt.“

„Ja, und das ist auch der Grund, warum Scheidung für ihn nicht in Frage kommt. Kein Pastor würde sich dazu bekennen, seine Frau zu schlagen, und ihr erlauben, sich von ihm scheiden zu lassen.“

Er nahm sie in die Arme und küsste sie auf die Stirn. „Dann musst du für immer hier bleiben. Bei mir. Hier kann er dich nicht verletzen. Ich kann dich beschützen, Jane. Ich werde dir gegenüber nie eine Hand erheben. Das verspreche ich dir."

Tränen traten in ihre Augen. „Oh, Marcello. Aber willst du denn überhaupt mit jemandem leben?"

„Du bist ein willkommenes Licht in meiner Dunkelheit."

„Aber eines Tages werde ich dir lästig werden. Genau wie jede andere Geliebte. Das musst du doch selbst wissen. Du musst doch schon viele Geliebte gehabt haben."

„Ich lebe schon seit Jahrhunderten. Willst du wirklich die Antwort auf diese Frage hören?"

Langsam schüttelte sie den Kopf. „Nein, ich glaube nicht. Obwohl ich noch so viele Fragen habe."

„Dann lass mich dir deine Fragen beantworten." Er sah sich kurz in dem staubigen Raum um. „Aber nicht hier. In meinem Bett bin ich viel redseliger."

Minuten später lag Marcello in seinem Bett, Jane in die Kurve seines Körpers geschmiegt, ihr Kopf auf seinem Oberarm liegend, ihr süßer Po an seine Leiste gedrängt. An so etwas konnte er sich gewöhnen. Die Diamantkette, die er Jane geschenkt hatte, lag nun auf dem Nachtkästchen und funkelte im Kerzenlicht. Und die Dokumente, die er in der Geheimkammer gefunden hatte, lagen auf seinem Schreibtisch.

„All die Dinge in der Geheimkammer …", sagte nun Jane, „… sie trugen ein prächtiges Wappen. Und dort waren so viele Juwelen, so viel Gold, mehr als gewöhnliche Bürger besitzen. Bist du ein Adeliger?"

Er schmunzelte nachdenklich. „Das war ich einmal. Ich bin der Sohn des Marquis Caesar Sebastiani. Doch diese Adelsfamilie gibt es schon seit dem 14. Jahrhundert nicht mehr, seit der Nacht, als die Vampire uns anfielen."

„Aber das ändert doch nichts daran, dass du einen Titel hast."

„Doch, es ändert alles. Niemand würde mich jetzt anerkennen. Carlo und ich haben dafür gesorgt, dass jeder glaubt, sämtliche Familienmitglieder wären in jener Nacht gestorben. Wäre das nicht der Fall, dann wäre ich immer noch in Gefahr. Denn ich glaube, dass meine Familie aus politischen Gründen ermordet wurde.“

„Vampire sind politisch?“

„Wenn es um ihr eigenes Überleben geht. Damals zog mein Vater in Erwägung, eine geheime Organisation von Adeligen und prominenten Handelsmännern der Stadt zu gründen, die Vampire suchen und töten sollten.“

„Wirklich?“

„Ja. Und diese geheime Organisation, diese Hüter des heiligen Wassers, wie sie sich jetzt nennen, gibt es nun wirklich. Ein Freund meines Vaters gründete die Vampirjäger nach seinem Tode, vielleicht weil er im Geheimen vermutete, dass der Tod seines Freundes und dessen Familie etwas mit Vampiren zu tun hatte.“ Diesen Verdacht hatte er selbst Carlo gegenüber noch nie geäußert. „Es ist ironisch, dass diese Gruppe, die den Tod meiner Familie rächen sollte, nun mich, deren Sohn, und meine Freunde verfolgt. Versprich mir eines: Erwähne nie jemandem gegenüber, was ich dir gerade gesagt habe. Nicht einmal meinen Vampirfreunden gegenüber."

„Natürlich nicht." Sie seufzte. „Und diese Hüter, sie wissen doch nicht, dass du ein Vampir bist, nicht wahr?"

„Bisher noch nicht. Und ich will, dass es dabei bleibt."

„Hast du nie versucht, mit diesen Hütern zu reden, ihnen zu verstehen zu geben, dass du nur dein Leben leben und niemandem wehtun willst? Vielleicht würden sie dich in Ruhe lassen, wenn sie wüssten, dass du ein guter Mann bist."

Er lachte leise. „Jane, verstehe mich nicht falsch, aber das ist eine sehr naive Weltanschauung. Wir wissen nicht, wer die Hüter sind. Doch selbst wenn wir es wüssten, hätte es keinen Sinn, mit ihnen zu reden. Die Hüter hassen uns, weil wir anders sind. In ihren Augen sind wir abscheuliche Kreaturen, die ausgemerzt werden müssen, um die Sicherheit der Menschheit zu gewährleisten. Die Tatsache, dass wir Blut trinken, widert sie an."

„Aber du brauchst Blut zum Überleben."

„Das macht es in ihren Augen nicht besser. Egal, wie sehr ich mich bemühe, ein gutes Leben zu leben, für die Hüter wird es nie gut genug sein. Deshalb dürfen sie nie vermuten, dass ich ein Vampir bin. Deshalb habe ich mich, so sehr es geht, von der Gesellschaft in Venedig abgeschirmt und mich von Frauen ferngehalten, die aus prominenten Familien stammen, um nicht unwillkürlich in eine Beziehung zu schlittern, die mich ins Rampenlicht Venedigs katapultiert."

„Eine Beziehung? Wäre das denn überhaupt möglich? Ich meine, du bleibst doch ewig jung. Und eine menschliche Frau würde altern. Jeder würde es sonderbar finden. Und du würdest mitansehen müssen, wie die Frau, die du liebst, schließlich stirbt."

Marcello war überrascht, dass Jane diesen Gedankengang einschlug, doch er hatte ihr versprochen, ihre Fragen zu beantworten, und er würde sein Wort halten.

„Es gäbe einen Weg", sagte er zögernd. „Einige meiner Freunde haben ihn bereits eingeschlagen."

Sie drehte ihren Kopf, um ihn ansehen zu können. „Ja?“

„Ich könnte die Frau, mit der ich die Ewigkeit verbringen will, in einen Vampir verwandeln. Falls sie einverstanden ist. Doch ich habe immer gezögert.“

„Warum?“

„Weil der Prozess selbst mit Gefahr verbunden ist, doch vor allem, weil ich sie damit einem Leben aussetze, für das nur wenige geschaffen sind. Und dann wäre auch sie im Visier der Hüter des heiligen Wassers.“ Er seufzte. „Aber lass uns jetzt nicht weiter davon sprechen. Du bist müde. Und für heute Nacht hast du genug zu verarbeiten.“

Außerdem wollte er seine Gedanken nicht weiter in diese Richtung drängen, denn diese warfen zu viele Fragen auf. War er bereit, ein Leben mit Jane zu beginnen? Oder war dies nur ein Intermezzo wie so viele andere vor ihr?

Er konnte diese Fragen noch nicht beantworten.

# 13

Träume von Vampiren, von Blut und von Reißzähnen dominierten Janes Schlaf. Zu jeder anderen Zeit wären solche Träume Alpträume gewesen, doch sie fürchtete sich nicht vor Vampiren, denn sie fürchtete sich nicht vor Marcello. Stattdessen beschworen die Bilder in ihren Träumen ganz andere Gefühle hervor. Gefühle der Erregung, der Lust, der Leidenschaft. Instinktiv wusste sie, dass der Biss sinnlich sein würde, dass er ihr etwas geben würde, anstatt sie zu berauben.

Jane wand sich in den Bettlaken, spürte, wie sich ihr Körper erhitzte, wie ihre Nippel sich versteiften und der geheime Ort zwischen ihren Schenkeln feucht wurde. Ihre Perle pochte vor Verlangen und sie sehnte sich nach Erlösung. Und als wüsste die Traumwelt, was sie brauchte, spürte sie plötzlich die Berührung, nach der es ihr verlangte.

Warme Haut berührte ihren Rücken, ein großer Körper schmiegte sich von hinten an sie, eine Hand glitt zu ihrem Geschlecht, ein Finger rieb über ihr Lustzentrum. Erleichtert atmete sie auf. Doch schon spürte sie mehr. Eine Invasion. Etwas Hartes drängte sich von hinten zwischen ihre Beine. Bevor sie etwas tun oder sagen konnte, spürte sie das harte Fleisch in sie eindringen, sie füllen, sie in Besitz nehmen. Es fühlte sich so echt an. Noch nie hatte sie so einen lebendigen Traum gehabt.

„Jane."

Jemand hauchte ihren Namen in ihr Ohr und sie erkannte die Stimme als Marcellos. Der Laut hallte in ihrem ganzen Körper wider, während sie nun spürte, wie sich sein Schwanz in ihr bewegte. Langsam und stetig. Hinein und hinaus.

Unanständige Worte rollten über ihre Lippen. Sie hatte sie in der Nacht zuvor schon ausgesprochen, doch jetzt, in ihrem Traum, wagte sie noch mehr. „Ja, fick mich mit deinem großen Schwanz."

Ihr Geliebter kam ihrer Bitte sofort nach und stieß seine Erektion härter und schneller in sie, während sein Finger auf ihrer Perle immer rapider vor und zurück rieb. Sie keuchte unwillkürlich, denn die Empfindungen begannen, sie zu überwältigen.

„Ja, ich ficke dich, Jane, so viel du willst." Marcellos Stimme an ihrem Ohr war lauter als zuvor. Näher. So, als wäre er echt und kein Traum.

Jane riss ihre Augen auf. Eines wurde ihr sofort bewusst. Sie träumte nicht. Sie lag in Marcellos Bett, in die Kurve seines Körpers geschmiegt, sein Schwanz in ihrer Scheide, seine Hand auf ihrem Lustzentrum. Die zweite Erkenntnis, die sie machte, war von anderer Natur: Sie wusste, ihr Ehemann hätte es nie gewagt, seine ehelichen Rechte einzufordern, wenn sie schlief. Er hätte es als sündhaft empfunden. Doch vielleicht gerade deshalb empfand sie die Situation nun als erregend. Denn sie war eine Sünderin. Und mit Marcello zu sündigen erweckte alles Weibliche in ihr.

„Marcello“, murmelte sie.

„Du bist wach.“ Er drückte ihr einen Kuss auf den Hals. „Ich wunderte mich schon, wie lange ich dich ficken muss, bis du aufwachst.“

Als wollte er seine Worte unterstreichen, trieb er seinen Schwanz noch härter in sie und übte mehr Druck auf ihre Perle aus.

„Oh!“ Sie konnte kaum Luft schnappen. „Es ist unanständig, eine Frau zu nehmen, wenn sie schläft.“

Er lachte leise an ihrem Ohr. „Nicht, wenn sie von dem Mann träumt, der sie nimmt und dabei ganz feucht wird.“

„Woher –“

Marcello unterbrach sie, indem er schnelle Kreise über ihr Lustzentrum malte und ihr somit den Atem nahm. „Du hast im Schlaf nach mir gerufen. Und ganz unanständige Dinge gesagt. Dinge, die ich mit dir machen soll.“ Sein Schwanz bewegte sich unaufhörlich in ihr. „Kein Mann kann dem widerstehen. Und ein Vampir schon gar nicht.“

„Mmm. Ich dachte, ich träumte, aber das hier ist viel besser.“ Sie drängte ihr Geschlecht an seine Hand.

„Du bist eine schamlose Frau, Jane“, flüsterte er in ihr Ohr. „Ich liebe schamlose, lüsterne Frauen, die sich der Begierde hingeben und keine Grenzen kennen.“ Er stöhnte laut auf. „Und ich liebe es, wie du mich so vorzüglich drückst, wie du meinen Schwanz in dir aufnimmst, als wolltest du mich in dir gefangen nehmen.“

Verspürte er das wirklich, wo doch sie diejenige war, die sich fühlte, als nehme er sie gefangen? In einem Gefängnis, aus dem sie nie wieder entfliehen wollte.

„Marcello, ich brauche dich. Ich will dich. Ich …“ Doch sie konnte ihren letzten Wunsch nicht aussprechen.

„Ja?“ Er ritt sie härter, nahm sie schneller, als hätten die Worte die letzten Fäden seiner Beherrschung zerrissen. „Verdammt, Jane, es ist zu gut. Ich komme.“

Als sein Schwanz in ihr zuckte und er seinen heißen Samen in sie pumpte, rieb Marcello seinen Finger immer schneller über ihre Perle. Endlich spürte sie die Wellen ihres Orgasmus durch ihren Körper rasen. Mit einem lauten Stöhnen fand auch sie ihren Höhepunkt.

„Oh, ja“, ließ sie erleichtert über ihre Lippen kommen, bevor sich ihr Körper entspannte und sie wie eine Stoffpuppe gegen Marcello sackte.

Marcello küsste sie auf die Schultern, doch dann löste er sich von ihr und setzte sich auf. Überrascht wandte sie sich zu ihm und sah, wie er aus dem Bett steigen wollte.

„Was machst du?“

Er sah über seine Schulter, seine Augen voller Bedauern. „Ich muss mich ernähren.“

Als sie sich aufsetzte und ihn nur anstarrte, fügte er hinzu: „Ich brauche menschliches Blut. Soviel Zeit mit dir im Bett zu verbringen, hat an meinen Reserven gezerrt. Wenn ich jetzt kein Blut trinke, riskiere ich, dich anzufallen.“

Sie schluckte bei dem Geständnis. „Wie oft musst du Blut zu dir nehmen?“

„Wenn möglich täglich.“

„Ich will nicht, dass du gehst.“

Er schüttelte den Kopf. „Jane, bitte, du verstehst nicht. Wenn mein Verlangen nach

Blut zu groß wird, kann ich mich nicht mehr beherrschen. Ich will dir nicht weh-“

„Trinke von mir. Beiß mich, Marcello!“ Die Bitte war ausgesprochen, bevor sie überhaupt wusste, was sie sagen wollte. Doch in dem Moment, als die Worte den Raum füllten, wusste sie, dass sie die Wahrheit waren. Sie wollte Marcellos Biss. Sie wollte ihn. Alles von ihm.

Verwundert starrte Marcello sie an. „Du weißt nicht, was du sagst.“

„Doch. Trink mein Blut!“ Sie legte sich auf die Laken zurück und streifte ihr Haar von ihrem Hals, um ihn freizulegen. „Ich will deine Fangzähne in mir spüren.“

Wie ein Raubtier kroch Marcello langsam auf sie zu. Seine Augen fokussierten sich auf ihren Hals, wo sie plötzlich ihre Ader pulsieren spürte. Doch dann schweiften seine Augen ab. Enttäuschung breitete sich in ihr aus und sie schloss ihre Augen.

„Nicht von deinem Hals.“

„Marcello –“

„Von deinen Brüsten“, unterbrach er sie.

Ihre Augen flogen auf.

„Wenn du es erlaubst." Er schwang ein Bein über ihre Hüften und schwebte nun, auf Knien und Hände gestützt, über ihr. „Denn ich will, dass es sich anders anfühlt, als wenn ich von einem Opfer auf der Straße trinke. Du bist meine Geliebte und mit dir will ich eine persönlichere Verbindung. Etwas Intimeres."

Ihr Herz schlug wie wild. Er wollte sie. Marcello wollte sie wirklich. „Ja, Marcello, bitte, trink von mir. Von meinen Brüsten."

Marcello senkte seinen Kopf zu ihrem Oberkörper und brachte seinen Mund zu einem Nippel. Er drückte einen Kuss darauf und tat dann das Gleiche mit dem anderen Nippel.

„So schön, so wunderschön", murmelte er, bevor er seine Lippen um einen Nippel legte und ihn in seinen Mund zog.

Sie bäumte sich ihm entgegen. Eine Sekunde später spürte sie die Spitzen seiner Fangzähne und stöhnte. Der Schmerz, den sie verspürte, als er seine Fänge in sie stach, war so flüchtig, dass sie ihn kaum wahrnahm. Stattdessen spürte sie ein Hochgefühl durch ihren Körper rasen, das dem eines Orgasmus gleichkam. So fühlte sich also der Biss eines Vampirs an? Sie konnte ihr Glück kaum fassen.

Marcellos Stöhnen, als er an ihrer Brust saugte und ihr Blut trank, hallte in ihrem ganzen Körper wider und brachte ihre Perle zum Pochen. Und ehe sie es sich versah, spürte sie Marcellos Schwanz in ihr.

Sie konnte nicht verstehen, wie er so schnell wieder hart sein konnte, doch sie akzeptierte die Tatsache mit Freude und gab sich den Sensationen hin, die er in ihr hervorrief. Und mit jeder Sekunde, die Marcello ihr Blut trank und seinen Schwanz in sie stieß, stahl er immer mehr von ihrem Herzen.

Jetzt konnte sie auch den Wunsch aussprechen, den sie immer mehr verspürte. „Ich will dir gehören, Marcello.“

Und diese Worte schienen ihn wild zu machen, denn er sog noch härter an ihrer Brust und sein Schwanz bewegte sich nun noch schneller und stieß noch tiefer in sie, als könnte er nicht genug von ihr bekommen.

# 14

Mit einem Stöhnen rollte Marcello sich von Janes erhitztem Körper und kam neben ihr auf den Bettlaken zu liegen. Sein ganzer Körper bebte noch, nicht nur von dem immensen Orgasmus, den er gerade mit Jane erlebt hatte, sondern auch von ihrem Blut, das jetzt durch seinen Körper pumpte und ihn mit neuem Leben erfüllte, neuer Kraft und Energie.

Doch das war nicht alles. Viel mehr bedeuteten ihm die Worte, die Jane geflüstert hatte: Sie wollte ihm gehören. Dieses Geständnis hatte ihn angetrieben, ihn dazu gebracht, seine Beherrschung vollkommen zu verlieren. Ihr Blut hatte ihn beinahe verrückt gemacht, und je mehr er davon getrunken hatte, desto mehr war ihm klar geworden, dass Jane ihm mehr als nur Blut gab. Sie hatte ihm ihr Vertrauen und ihre Zuneigung geschenkt. Und das hatte noch keine menschliche Frau vor ihr getan.

„Jane ..."

„Mmm?" Ihre Stimme klang schwach.

Sofort stützte er sich auf seinen Ellbogen und wandte sich ihr zu. Besorgt sah er sie an. „Habe ich zu viel genommen?" Verdammt, er hätte sie nicht so schwächen sollen.

„Es war wunderschön. Dein Biss ... mmm ... so gut." Langsam öffnete sie ihre Augen und sah ihn liebevoll an. „Ich kann kaum bis morgen warten, bis du mich wieder beißt."

„Oh, Jane!" Er zog sie in seine Arme und drückte sie an sich. „Wir müssen vorsichtig sein. Ich darf nicht zu viel und zu oft von dir trinken. Dein Körper braucht Zeit, sich zu erholen."

„Aber du mochtest es doch, oder nicht?"

Er lachte leise. „Meine süße Jane. Ich habe noch nie etwas Besseres getrunken. Und mit dir Liebe zu machen, während ich es tat, war ein Traum."

Ihre Hand fand plötzlich einen Weg zu seinen Lenden und legte sich um seinen Schwanz. Sofort fühlte er, wie er auf ihre Berührung reagierte.

„Mmm, ich liebe es, wie du so schnell hart wirst."

„Du bist ein frevelhaftes Luder, aber ich bin heute in guter Stimmung ..." Er zog sie auf sich und spreizte ihre Beine. „... also darfst du mich jetzt reiten und dich meines Schwanzes bedienen so lange du willst, während ich mich an deinem Busen ergötze."

Sie setzte sich auf und lächelte auf ihn hinab. „Du nennst mich frevelhaft? Marcello Sebastiani, ich glaube, du bist weitaus lüsterner als ich."

Er griff nach ihren Hüften, um sie auf seinem Schwanz aufzuspießen, und sie somit zum Verstummen zu bringen. Dazu kam er jedoch nicht. Ein heftiges Klopfen an der Tür unterbrach ihn.

„Verschwinde, Adamo!", rief er aus.

„Ich bin's, Carlo!"

Überrascht hielt Marcello inne, doch dann befahl er: „Nicht jetzt, Carlo!“

„Es ist dringend. Ich komme hinein!“

Marcello konnte gerade noch Jane von sich heben und sie bis zum Kinn mit der Bettdecke bedecken, als Carlo auch schon in das Schlafgemach gestürmt kam.

„Verdammt, Carlo!“, wetterte Marcello und sprang nackt aus dem Bett. Er griff nach seinem Morgenrock und zog ihn über. Während er den Gürtel an seiner Taille band, marschierte er auf Carlo zu, um ihm die Leviten zu lesen. „Bist du taub und blind? Ich bin für einen Besucher jetzt nicht vorbereitet.“

„Dann solltest du dich aber schnellstmöglichst vorbereiten“, konterte Carlo und deutete zur Tür. „Denn dein Diener gibt sich gerade mit einem Besucher ab, der sich nicht abweisen lassen wird.“

„Wer?“

Carlo deutete an ihm vorbei zum Bett. „Ihr Gemahl!“

Hinter ihm keuchte Jane vor Entsetzen.

Schnaubend wandte Carlo seinen Blick wieder zu Marcello. „Du hast dich von einer verheirateten Frau an der Nase herumführen lassen. Und jetzt wirst du dafür bezahlen müssen. Hast du denn nichts von mir gelernt? Das Risiko –“

„Ich bin mir dessen bewusst“, schnitt Marcello seinem Freund das Wort ab. „Jeder Kontakt mit Sterblichen, besonders in solch einer Situation, kann unser Geheimnis entblößen.“

Carlo sah ihn mit offenem Munde an. „Marcello!“ Er deutete zu Jane.

Doch Marcello winkte ab. „Sie weiß, was wir sind.“ Dann näherte er sich seinem Freund und senkte seine Stimme zu einem Flüstern. „Jane hat mich ihr Blut trinken lassen. Sie vertraut mir. Und ich vertraue ihr.“

Carlo schüttelte ungläubig den Kopf, während aufgeregte Stimmen von der Treppe herauf hallten und immer näher zu kommen schienen. „Dann hoffe ich, dass ihr einander nicht enttäuschen werdet, wenn ihr Gemahl hier eindringt und seine Frau zurückfordert.“

„Er hat kein Recht auf sie. Er misshandelt sie, schlägt sie. Ich habe die Narben gesehen.“

„Verdammt." Plötzlich sah Carlo bedrückt aus. „Es tut mir so leid."

Aus dem Augenwinkel heraus sah Marcello, wie Jane ihren Morgenrock ergriff und ihn überzog, bevor sie aus dem Bett hüpfte. Zu Carlo sagte er abwesend: „Nicht deine Schuld."

„Doch. Marcello, ich wusste nicht, wer er war, als er in meinem neuen Haus auftauchte und nach Jane fragte ... Ich dachte ..."

„Daran können wir jetzt nichts mehr ändern." Und wie hätte sein Freund auch wissen sollen, dass er Jane zu seiner Geliebten gemacht hatte? Es war alleine Marcellos Schuld. „Versuche, ihn aufzuhalten, bis ich Jane verstecken kann. Er darf sie nicht finden."

Doch es war schon zu spät. Die Tür wurde nochmals, diesmal unter Adamos Protest, aufgerissen, und ein Mann, gekleidet in das Gewand eines Geistlichen, stürmte herein.

„Wo ist meine Gemahlin?" Thatcher Emery funkelte Marcello an, dann schoss sein Blick an Marcello vorbei. „Was für eine Schande du über mein Haus bringst! Wie eine gemeine Dirne!"

„Thatcher, oh mein Gott!“, würgte Jane heraus – und fiel in Ohnmacht.

Marcello eilte zu ihr.

„Fassen Sie sie nicht an!“, befahl Pastor Emery und versuchte, ihm zu folgen, doch Carlo hielt ihn zurück, worauf er auf Carlo schimpfte. „Sie Grobian! Nehmen Sie Ihre Hände von mir!“

Aber Carlo tat nichts dergleichen und hielt weiterhin Janes Gemahl fern, während Marcello Jane hochhob und auf das Bett legte. Dann rief er in Richtung der offenen Tür: „Prudence! Komm sofort!“

Offensichtlich war die Zofe bereits durch den Tumult im Haus alarmiert worden, denn sie erschien sofort auf der Schwelle. „Signore?“

„Kümmere dich um Miss Jane!“ Absichtlich nannte er sie nicht Mrs. Emery, denn damit hätte er zugegeben, dass Thatcher Emery ein Recht auf sie hatte. Und das hatte er nicht.

Während Prudence zu ihrer Herrin eilte, gab Marcello Carlo ein Zeichen. Dieser packte den Geistlichen und zerrte ihn in den Gang hinaus. Marcello folgte ihnen und schloss die Tür hinter sich.

Emery schüttelte Carlos Griff ab und dieser ließ es geschehen.

„Gehen Sie mir aus dem Weg!“, bellte der Geistliche. „Sie haben kein Recht, meine Frau in Ihrem Schlafgemach zu beherbergen!“

Marcello versperrte dem Mann den Weg. Dieser würde keine Chance haben, an ihm vorbeizukommen: Marcello war einen guten Kopf größer, seine Schultern doppelt so breit, ganz zu schweigen von seinen vampirischen Kräften, die er jedoch hoffte, nicht einsetzen zu müssen.

„Und Sie haben kein Recht, Jane zu misshandeln, sie zu schlagen, sie zu verängstigen!“

Entsetzen trat in die Augen des Mannes.

„Ja, sie hat mir alles erzählt. Und ich habe die Narben gesehen, Sie Untier! Wie wagen Sie es nur, Ihre Hand gegen sie zu erheben?“

Emery schnaubte. „Die Bibel schreibt es vor!“

„Die Bibel ist eine Ansammlung von

Geschichten, die von Männern erfunden wurden, um Macht über Frauen zu haben."

„Wie wagen Sie es, das Wort Gottes zu beschmutzen?"

„Wenn das Wort Gottes es erlaubt, eine Frau zu misshandeln, dann wage ich noch mehr!", brüllte Marcello. „Jane liebt Sie nicht. Und sie hat nicht die Absicht, bei einem Mann zu bleiben, der sie körperlich misshandelt."

„Wie ich meine Gemahlin behandle, ist meine Sache", biss der Geistliche zwischen seinen Zähnen hervor. „Jane wird mit mir nach Hause fahren."

„Das wird sie nicht", antwortete Marcello. „Sie steht unter meinem Schutz." Er straffte seine Schultern und hob sein Kinn an. „Das habe ich ihr versprochen."

„Dazu hatten Sie kein Recht!"

Noch bevor er wusste, was der Pastor vorhatte, verspürte er dessen Handfläche auf seiner Wange: Der Mann hatte ihm eine Ohrfeige erteilt.

Marcello ballte seine Hand zu einer Faust und holte aus ...

„Marcello!“ Carlos Warnung hielt ihn davon ab, Emerys Gesicht zu Brei zu schlagen.

Carlo hatte recht. Gewalt gegen diesen Mann anzuwenden, würde ihn nur auf dasselbe Niveau herabbringen.

„Sie haben mich beleidigt, Signore“, behauptete der Pastor mutig.

„Ganz zu schweigen davon, dass ich Ihrer Gemahlin Vergnügen beschert habe, zu dem Sie nie fähig waren“, provozierte Marcello den Mann.

Der Mund des Pastors klappte auf und seine Brust hob und senkte sich. „Dafür werden Sie mir büßen! Ich fordere ein Duell mit Pistolen. Morgen. Bei Sonnenaufgang!“

„Ich nehme die Herausforderung an. Jetzt verlassen Sie mein Haus!“

Thatcher nickte kurz und marschierte die Treppe hinunter. Als die Eingangstür zuschlug, atmeten sowohl Marcello als auch Carlo erleichtert aus.

„Das hättest du nicht tun sollen.“

Marcello wirbelte herum. Jane stand in der offenen Tür zu seinem Schlafgemach, Prudence neben ihr.

„Das Duell. Du hättest es nicht akzeptieren dürfen“, wiederholte Jane.

„Mach dir keine Sorgen, Jane, ich kann mit einer Pistole umgehen.“

„Aber Marcello ... du musst etwas über Thatcher wissen.“ Sie tauschte einen Blick mit Prudence aus, die ebenso besorgt dreinsah.

Neugierig fragte er: „Glaubst du, ich könnte diesen kleinen Wurm nicht besiegen?“

Sie wrang ihre Hände vor ihrem Bauch. „Thatcher ist ein Scharfschütze. Jeden Sommer gewinnt er den ersten Preis bei einem Schießwettbewerb im Landkreis. Er verfehlt nie sein Ziel.“

Marcello seufzte. Er musste Jane irgendwie beruhigen. „Ich bin auch kein schlechter Schütze.“

Carlo räusperte sich.

„Was, Carlo?“, fragte Marcello ungeduldig.

„Ihr zwei scheint das größte Problem übersehen zu haben.“

„Ein größeres Problem als die Schießkunst meines Gemahls?“, fragte Jane verwundert.

Carlo sah kurz zu Prudence, die dem

Geschehen neugierig lauschte. „Prudence, mach dich rar."

Als sie sich nicht bewegte, fügte Jane hinzu: „Geh in meine Kammer und hole mir ein Kleid!"

Mit einem Schnauben stolzierte Prudence davon. Als sie außer Hörweite war, sagte Marcello: „Carlo?"

„Das Duell ist im Morgengrauen", sagte Carlo schlicht.

Marcello war sich dessen voll bewusst. „Das ist ein Risiko, das ich bereit bin einzugehen."

Erst jetzt schien Jane zu verstehen, was dies bedeutete. „Oh nein! Die Sonne! Du wirst verbrennen!"

„Die Sonne ist nicht von Bedeutung", beschwichtigte er Jane und wandte sich wieder an Carlo. „Carlo, wirst du als mein Sekundant fungieren?"

„Selbstverständlich. Doch ich hoffe, du hast nichts dagegen, wenn ich im Schatten stehen werde."

# 15

Kurz nachdem Thatcher hinausgestürmt war, verließen auch Marcello und Carlo den Palazzo. Marcello erklärte Jane, dass er Vorbereitungen treffen musste, ohne jedoch genau zu sagen, welche Art von Vorbereitungen. Für den Fall seines Todes?

Bei dem schrecklichen Gedanken drückte Jane die Hand gegen ihre Brust, wo ihr Herz wie wild schlug. Oh Gott helfe ihr, wenn er bei dem Duell starb! Ihn jetzt zu verlieren, wo ihr doch gerade erst bewusst geworden war, dass sie ihn liebte, würde sie nie überleben. Ja, sie liebte ihn, den Mann, den Vampir, alles an ihm.

Sie konnte sich nicht einmal Prudence anvertrauen und ihr beichten, warum sie sich solche Sorgen wegen des Duells machte. Nicht wegen der Gefahr einer Schusswunde, nein, denn Marcello hatte ihr verraten, dass nur eine silberne Kugel ihn töten könnte. Die Sonne machte ihr viel mehr Sorgen. Wenn er zu lange dem Sonnenlicht ausgesetzt war, dann würde er verbrennen. Ein schmerzvoller Tod, so stellte sie sich das vor.

Stundenlang wanderte sie im Palazzo auf und ab, bis sie endlich Marcello zurückkommen hörte. Ohne im Erdgeschoss Halt zu machen, eilte er die Treppe hinauf. Jane öffnete die Tür des Musikzimmers, wo sie vergebens versucht hatte, sich mit Musik abzulenken, und folgte ihm. Sie holte ihn in seinen Räumen im 3. Stock ein.

„Du bist zurück“, sagte sie erleichtert und legte ihre Arme um ihn.

Er drückte sie an sich. „Ich musste Dinge mit meinem Anwalt erledigen. Ich habe ihm die Urkunden gegeben, die wir in der Geheimkammer gefunden hatten. Er hat mir bestätigt, dass er damit die Stadt überzeugen kann, dass der Palazzo mir gehört."

„Darüber freue ich mich." Dann seufzte sie. „Aber das sollte im Moment das geringste deiner Probleme sein. Das Duell, du kannst nicht dort hingehen! Lass uns weglaufen. Wenn Thatcher dich nicht finden kann, dann wird er aufgeben und nach England zurückkehren. Und dann kommen wir wieder hierher zurück."

Er lächelte sanft und strich ihr eine Haarsträhne aus dem Gesicht. „Ach, meine liebe Jane. Das kann ich nicht. Ich bin ein Mann meines Wortes. Und deinem Gemahl muss eine Lektion erteilt werden. Ich kann ihn nicht gewinnen lassen."

„Eine Lektion?" Sie nickte vor sich hin. „Ich weiß nicht, ob Thatcher fähig ist zu lernen."

„Er hat keine andere Wahl. Du willst ihn doch loswerden, oder etwa nicht?"

„Natürlich!", antwortete sie schnell und bestimmt. „Aber du darfst ihn nicht töten."

„Wie bitte? Nach all dem, was er dir angetan hat, willst du, dass ich ihn am Leben lasse?"

„Ich will nicht, dass du für mich tötest. Das kann ich nicht auf meinem Gewissen tragen."

Langsam nickte Marcello, als würde er verstehen. „Na gut. Wie du willst. Aber ich hoffe, du erlaubst mir, ihm seine Erinnerungen an dich zu nehmen. Damit er dich nie wieder finden kann."

„Seine Erinnerungen? Die kannst du ihm wegnehmen? Wie?"

„Genauso wie ich es mit meinen anderen menschlichen Opfern tue, von denen ich Blut trinke. Ich sende Suggestionen in deren Verstand, um die Erinnerungen darin zu ändern. So stellen Vampire sicher, dass sich ihre Opfer nicht an den Biss erinnern. Ich kann dieselbe Methode verwenden, um die Gedanken deines Gemahls an seinen Besuch in Venedig auszulöschen. Willst du das?"

Sie nickte, fasziniert von den Fähigkeiten eines Vampirs. „Ja, bitte."

„Gut, ich verspreche es."

„Marcello ..." Sie zögerte, denn die nächsten Worte waren schwieriger herauszubringen. Doch sie musste sie sagen.

„Ja? Was gibt es noch?"

Sie senkte die Lider. „Ich liebe dich. Ich wollte, dass du es weißt, bevor du zu dem Duell gehst. Ich würde mir nie vergeben, wenn ich meine Gefühle für mich behalten würde ... für den Fall, dass ich nie mehr ... weißt du, eine Gelegenheit dafür ...“ Sie stammelte jetzt hoffnungslos. Vermutlich interessierte ihn das sowieso nicht. Er empfand wahrscheinlich nicht das Gleiche. „Ich wollte nur sagen ... ach, es ist egal. Ich bin nur eine deiner vielen Geliebten ... und es ist schon in Ordnung, dass du nicht genauso für mich empfindest wie ich für dich ...“

„Jane?“ Er legte seine Hand unter ihr Kinn und drückte es hoch, damit sie ihn ansehen musste.

„Ja?“

„Hör auf zu reden und gib mir eine Gelegenheit, dir zu antworten.“

„Oh.“

Er zog sie näher und brachte sein Gesicht nahe zu ihrem. „Ich liebe dich auch, mein Täubchen. Aber ich will nicht nur etwas Flüchtiges zwischen uns. Ich will mehr.“

„M-mehr?“, stotterte sie mit pochendem

Herzen.

„Ja, etwas Andauerndes. Aber ich will nicht, dass du die Entscheidung übereilst. Du kannst so lange darüber nachdenken, wie du willst. Wir haben Zeit. Ich werde auf dich warten."

Es dauerte ein paar Sekunden, bis sie die Bedeutung seiner Worte verstand. „Du fragst mich, ob ich ein Vampir werden möchte."

Er nickte. „Ich brauche keine sofortige Antwort. Nimm dir Zeit, all die Konsequenzen zu überdenken. Du gibst viele Dinge auf, wenn du zustimmst. Nicht jeder ist für so ein Leben geschaffen."

„Ich muss darüber nicht nachdenken." Sie zog einen tiefen Atemzug in ihre Lunge. „Mach mich zu einem Vampir. Damit ich mit dir zusammen sein kann. Auf immer."

„Jane, so eine Entscheidung darfst du nicht aus einer Laune heraus treffen. Ich will nur, dass du darüber nachdenkst. Ich kann deine Antwort jetzt nicht annehmen. Noch nicht. Gib der Sache Zeit. Ich werde warten."

„Aber, Marcello, ich habe meine Entscheidung bereits getroffen."

Er nahm ihre Hände in seine. „Hast du

wirklich über alles nachgedacht? Du wirst Menschen beißen müssen, ihr Blut trinken. Bist du dazu wirklich bereit?“

Bei dem Gedanken schlug ihr Herz schneller. Konnte sie das wirklich tun? Einen Menschen anfallen und dessen Blut trinken?

„Siehst du“, meinte Marcello sanft, „du musst es dir noch länger durch den Kopf gehen lassen. Aber keine Angst, meine Geliebte, egal was du entscheidest, ich werde so lange an deiner Seite bleiben, bis dass der Tod uns scheidet.“

Tränen traten in ihre Augen, denn sie wusste instinktiv, dass er es ernst meinte. „Oh, Marcello, ich hoffe nur, dass der Tag nicht morgen eintritt.“

Er küsste sie auf die Stirn. „Keine Angst, mein Täubchen, ich werde vorsichtig sein.“

Sie schüttelte den Kopf. „Davon will ich mich lieber selbst überzeugen.“

Marcello sah sie mit zusammengekniffenen Augen an. „Was meinst du damit?“

„Was glaubst du denn, dass ich damit meine? Ich komme mit zum Duell.“

„Kommt gar nicht in Frage!“

# 16

Marcello hatte die Auseinandersetzung mit Jane verloren. Widerwillig erlaubte er ihr schließlich, ihn zu dem Duell zu begleiten. Doch in Sachen Prudences Anwesenheit hatte er einen Strich gezogen. Er brauchte nicht noch mehr Zeugen, vor allem keine, die nicht wussten, dass er ein Vampir war, und die sein Verhalten sonderbar finden könnten.

Carlo, bekleidet mit einem ähnlichen schwarzen Umhang wie Marcello, war eine halbe Stunde vor Sonnenaufgang an seiner Türschwelle erschienen. Als er erfasst hatte, dass Jane sie begleiten würde, hatte er nur resigniert mit den Schultern gezuckt und Marcello zugeflüstert: „Wenn du ihr jetzt schon erlaubst, dir so auf der Nase herumzutanzen ...“

Marcellos missbilligendes Brummen hatte ihn verstummen lassen. „Als wär’s dir noch nie so ergangen.“

Binnen einer Viertelstunde hatten sie die Stelle erreicht, wo das Duell stattfinden sollte. Marcello und Carlo hatten in der Nacht zuvor diverse Durchgänge und Gassen besichtigt, die bei Sonnenlicht den meisten Schutz bieten würden und sich für einen abgelegenen Weg entschieden, der an einer Seite von der Hinterseite eines Lagerhauses und auf der anderen Seite von einem schmalen Kanal eingegrenzt war.

Ein hölzerner Überhang hatte einen Teil der Gasse abgeschirmt, doch als Marcello jetzt hochblickte, musste er feststellen, dass das Dächlein verschwunden war. Er sog einen Atemzug ein und roch Rauch.

„Verdammt!“ Marcello tauschte einen Blick mit Carlo aus und deutete zur Wand des Lagerhauses hinauf, wo die Holzumrandung eines Fensters noch schwelte. Ein Feuer im

Lagerhaus hatte die Überdachung erwischt und ihn somit des Sonnenschutzes beraubt, den er brauchte. Er musste einen anderen Ort für das Duell finden.

Schritte, die aus der anderen Richtung kamen, ließen Marcello herumwirbeln. Thatcher Emery, begleitet von einem Mann, den er nicht kannte, schritt auf sie zu. Es war zu spät, den Standort des Duells zu verlagern. Nun konnte er nur noch hoffen, dass die Sache schnell über die Bühne gehen würde.

Marcello blickte über seine Schulter. „Jane, du wartest dort drüben.“ Er deutete zu der Hintertür des Lagerhauses. Gehorsam folgte sie seinem Befehl.

Auf Carlos Zeichen hin marschierte Marcello auf Emery und dessen Sekundanten zu. Gerade in dem Moment drang der erste Sonnenstrahl in die Gasse. Der dunkle Mantel gewährte ihm etwas Schutz, doch als Marcello gezwungen war, seinem Gegner die Hand zu schütteln, spürte er bereits ein leichtes Brennen auf seiner entblößten Haut. Im Gegensatz zu Carlo trug Marcello keine Handschuhe.

Statt eines Grußes tauschte Marcello nur einen finsteren Blick mit Emery aus, während Carlo den Pistolenkasten, den er mitgebracht hatte, öffnete und Emery die erste Wahl gab.

Emery wandte seinen Blick zu der Stelle, wo Jane stand, dann nahm er eine Pistole aus dem mit Samt ausgelegten Kasten. Marcello nahm die andere. Wieder musste er dabei eine Hand aus seinem schützenden Umhang hervorbringen, und wieder spürte er die heißen Strahlen der Morgensonne auf seiner Haut. Er warf einen flüchtigen Blick darauf und war froh, dass weder Emery noch dessen Sekundant auf Marcellos Hand blickten, denn die Haut auf seinem Handrücken begann bereits zu brutzeln. Sein Gesicht war noch im Schatten des Gebäudes, doch bald würde auch dieses der Sonne ausgeliefert sein. Er versuchte, sich so zu drehen, dass er so wenig Sonne wie möglich abbekam, doch Carlo wies ihn und Emery nun an, sich mit den Rücken aneinanderzustellen. Dann fing er an zu zählen und bei jeder Zahl machten Marcello und Emery jeweils einen großen Schritt, sodass sie sich in entgegengesetzten Richtungen voneinander entfernten.

„Zehn!"

Marcello drehte sich um und sah Emery das Gleiche tun. Hinter Emery stahlen sich noch mehr Sonnenstrahlen in die Gasse. Verdammt! Noch ein paar Sekunden und sie würden Marcellos Gesicht erreichen und anfangen, seine unbedeckte Haut zu verbrennen.

Plötzlich sah Emery wieder an Marcello vorbei. „Du hast es so gewollt, Jane! Jetzt wirst du für deine Sünden bezahlen!"

„Sie haben keine Macht mehr über sie", warnte Marcello ihn.

„Signori", unterbrach Carlo. „Heben Sie Ihre Pistolen."

Beide Männer kamen dem Befehl nach.

„Feuer!", rief Carlo.

Marcello drückte ab, doch er ließ seine Pistole nach rechts ausscheren, um Emery zu verfehlen. Das hatte er Jane versprochen. Funken und Rauch explodierten von der Mündung seiner Waffe. Gleichzeitig ging ein zweiter Schuss los, Emerys.

Jane schrie auf.

Marcello tastete instinktiv seinen Brustkorb ab, doch er war nicht getroffen worden. Er blickte zurück zu Emery und sah nun, dass dessen Pistole nicht in Marcellos Richtung zeigte, sondern an ihm vorbei.

Marcello wirbelte um seine eigene Achse und sah gerade noch, wie Jane zu Boden fiel, während sich ein roter Fleck auf ihrem Oberkörper ausbreitete.

Emery hatte auf seine Frau geschossen.

„Nein!“, schrie Marcello und raste zu Jane. „Jane!“

Carlo kam aus seinem schattigen Versteck gerannt, wohin er sich, nachdem er die Pistolen verteilt hatte, zurückgezogen hatte. „Kümmere dich um sie. Ich schnappe mir Emery.“

Dankbar, dass Carlo den verdammten Bastard nicht entkommen lassen würde, erreichte Marcello Jane. Er kniete sich neben sie. Seine schmerzenden Hände und sein Gesicht, wo die Haut bereits Blasen warf, waren vergessen.

„Jane! Bitte! Sieh mich an! Kannst du mich hören?“

Doch sie antwortete ihm nicht. Er horchte auf ihren Herzschlag. Er war schwach, doch sie war noch am Leben. Für wie lange, konnte er nicht sagen. Er presste seine Hand auf ihre Brust, um die Blutung zu dämmen, doch es war zwecklos. Jane würde sterben, wenn er nicht handelte.

Er hob Jane in seine Arme und rief Carlo zu: „Bring ihn zu meinem Haus."

Dann rannte er, so schnell er konnte, durch die immer noch ruhigen Straßen von Venedig. Keine fünf Minuten vergingen, bis er an seiner Eingangstür ankam, wo Adamo und Prudence schon auf ihn warteten.

„Oh, Miss Jane!", schrie Prudence auf. „Was ist mit ihr geschehen?"

„Ihr Gemahl hat auf sie geschossen anstatt auf mich."

Prudence presste die Hand auf ihren Mund, konnte jedoch den Schluchzer nicht unterdrücken. „Sie wird sterben."

„Nein!", protestierte Marcello. „Das lasse ich nicht zu."

Prudence sah ihn plötzlich sonderbar an. „Signore, Ihr Gesicht ..." Sie wich einen Schritt zurück. Angst zog plötzlich über ihr Gesicht. „Ihre Zähne …“

Erst jetzt spürte er, dass der Geruch von Janes Blut seine Fangzähne hatte ausfahren lassen. Doch Prudence eine Erklärung abzugeben, dafür hatte Marcello jetzt keine Zeit. Janes Herzschlag wurde immer schwächer.

„Adamo, beruhige Prudence. Du hast meine Erlaubnis ihr zu offenbaren, was ich bin. Und lass niemanden in mein Schlafgemach.“

„Ja, Signore.“

Marcello raste mit Jane in seinen Armen zu seinem privaten Gemach und legte sie auf das Bett. Vor nur kurzer Zeit hatte Jane ihn gebeten, sie in einen Vampir zu verwandeln. Jetzt würde sie ihren Wunsch erfüllt bekommen. Ob sie es wirklich wollte oder nicht. Denn es war der einzige Weg, ihr das Leben zu retten.

„Jane, kannst du mich hören?“, fragte er, bekam jedoch keine Antwort. „Was ich jetzt tun werde, tue ich, weil ich dich liebe und dich nicht verlieren darf. Ich kann dich nicht sterben lassen.“

Marcello beugte seinen Kopf zu ihrer Brust und lauschte. Ihr Herzschlag wurde immer langsamer. Es war an der Zeit, dass er tat, was er tun musste. Er brachte seinen Mund zu Janes Hals und presste seine Lippen auf ihre feuchtkalte Haut. Ohne Zeit zu verlieren, senkte er seine Fangzähne in sie. Eine Sekunde später kostete er bereits ihr Blut. Er sog an ihrer Halsschlagader, ließ das Blut, das seine verbrannte Haut heilen würde, in seinen Körper fließen. Doch gleichzeitig lauschte er auf Janes Herz. Er durfte den Moment nicht verpassen, an dem ihr Körper für eine Verwandlung bereit war.

Mit geschlossenen Augen konzentrierte er sich nur auf sie, auf die Frau, die er liebte und die er nicht verlieren durfte. Sein Instinkt meldete sich, als es so weit war.

Er zog seine Fänge aus ihrem Hals, verschloss die Wunde mit seinem Speichel und biss dann in sein Handgelenk, um seine eigene Vene zu öffnen. Blut quoll daraus hervor. Schnell hielt er sein Handgelenk über Janes halb geöffneten Mund und ließ das Blut hineintropfen.

„Trink von mir, meine Liebste“, ermutigte er sie, obwohl er wusste, dass sie ihn in ihrem Zustand nicht hören konnte.

Von einem der unteren Stockwerke hörte er plötzlich den schrillen Schrei einer Frau: Prudence. Jetzt wusste sie also die Wahrheit. Wie sie diese aufnehmen würde, war unklar, doch Marcello hoffte, dass Prudence sich ihrer Herrin zuliebe daran gewöhnen würde, im Haus eines Vampirs zu leben. Darüber würde er sich jedoch später Sorgen machen. Jetzt musste er sicherstellen, dass Janes Körper die Verwandlung annahm.

Marcello strich mit seiner freien Hand über Janes Kehle, bewegte sie auf und ab, um den Schluckvorgang manuell zu bewirken. Immer mehr Blut ließ er in Janes Mund tropfen, und immer mehr schluckte sie. Und endlich, nach einer gefühlten Ewigkeit, hob sich Janes Brust. Sie atmete.

Langsam begann sein donnerndes Herz sich zu beruhigen. Sie würde es schaffen. Sie würde überleben. Er nahm sein Handgelenk von ihrem Mund und leckte über die Wunde, um sie zu schließen.

Erst jetzt sah er sich die Schusswunde auf Janes Brust genauer an. Er hob Jane leicht an und drehte sie etwas, sodass er ihren Rücken sehen konnte. Auch dort tränkte Blut ihre Kleidung. Gut, denn das bedeutete, dass die Kugel ihren Körper verlassen hatte. Marcello würde sie nicht mit seinen Klauen herausgraben müssen.

Erleichtert legte er Jane wieder auf das Bett zurück und strich ihr eine Haarsträhne aus dem Gesicht.

„Meine Liebste, alles wird jetzt gut."

„Sie lieben sie wirklich."

Prudences Stimme vom Fußende des Bettes ließ ihn herumwirbeln. Er starrte die Zofe an. Hinter ihr kam Adamo ins Zimmer gerannt.

„Es tut mir leid, Signore", meinte dieser. „Sie wollte sich vergewissern, dass es Miss Jane gut geht."

Marcello nickte seinem Diener zu. „Es ist schon gut, Adamo." Dann sah er zurück zu Prudence. „Und du, Prudence, wirst du ihr jetzt immer noch dienen, wo du weißt, zu was ich sie gemacht habe?"

Prudence richtete einen langen Blick auf ihre Herrin. Dann nickte sie. „Sie braucht mich jetzt. Mehr denn je.“

Erleichtert erhob sich Marcello vom Bett. „Danke. Bitte kümmere dich um sie. Zieh sie aus und reinige ihre Wunde. Alles wird heilen. Aber sie wird einige Zeit schlafen, bis die Verwandlung vollzogen ist und sie wieder bei Kräften ist.“

„Sehr wohl, Signore.“ Dann schien ihr Blick auf sein Gesicht zu fallen. „Ihre Wunden sind geheilt.“

Er nickte. „Durch menschliches Blut. Janes Blut heilte mich, so wie mein Blut ihr Unsterblichkeit schenken wird.“

Prudence nickte, dann ging sie zur Seite des Bettes, wo sie eine scheuchende Handbewegung machte. „Wenn die Signori jetzt bitte das Gemach verlassen würden, könnte ich mich um die Signora kümmern.“

Mit einem unterdrückten Lächeln zwinkerte Marcello Adamo zu und verließ mit ihm den Raum. Prudence würde sich gut in seinem Haushalt einleben.

„Signore“, sagte Adamo nun schnell,

„Signor Carlo hat den Pastor zurückgebracht. Er hat ihn im Kohlenlager eingesperrt."

Carlo wartete bereits in dem dunklen, luftlosen Raum auf ihn, wo Thatcher Emery an einen Stuhl gebunden erfolglos gegen seine Fesseln kämpfte.

„Erbärmlich! Sie sind das widerlichste Geschöpf, das mir je begegnet ist", fauchte Marcello ihn an. Er ergriff einen Haarschopf und zog ihn so hoch, dass der Pastor vor Schmerzen aufjaulte. „Sie wussten, dass Sie Jane nicht haben konnten, also wollten Sie auch nicht, dass ein anderer Mann sie bekommt. Haben Sie deshalb auf sie geschossen?"

Sein Gefangener spuckte vor Verachtung auf den Boden. „Und damit habe ich mein Ziel erreicht. Sie ist tot."

Marcello hielt es nicht für nötig, den Mann zu korrigieren. Denn Emerys falsche Annahme spielte ihm nur in die Hände. Wenn er glaubte, dass Jane tot war, würde er verschwinden und nie wiederkommen.

„Sie sind also auch noch stolz darauf, Ihre Frau ermordet zu haben?"

„Sie hat die Strafe verdient. Sie hat mich blamiert, mich zum Gespött meiner Gemeinde gemacht, indem sie mich verließ. Ich hoffe, sie schmort in der Hölle."

Marcello verpasste Emery einen Kinnhaken, dann noch einen Schlag auf die Nase, sodass Blut auf Carlos Umhang spritzte.

Carlo sah vorwurfsvoll auf die Blutflecken. „Musste das sein?"

„Ja, das musste es."

„Dann beende die Sache", riet Carlo ihm.

Voller Angst starrte der Pastor ihn plötzlich an. Marcello beugte sich näher zu seinem Gefangenen. „Ja, es ist an der Zeit."

Emery keuchte, doch der nächste Schlag, den er mit Sicherheit erwartet hatte, kam nicht. Stattdessen sah Marcello in Emerys Augen und konzentrierte all seine Energie auf ihn, um die vampirische Fähigkeit, die Gedanken eines Menschen zu manipulieren, einzusetzen.

„Sie reisten auf der Suche nach Ihrer Frau nach Venedig. Sie fanden sie. Und Sie ermordeten sie kaltblütig. Aber Sie bringen sie nicht für ein Begräbnis nach Hause. Denn Sie müssen sich verstecken, damit Sie nicht für Ihre Untat hingerichtet werden. Denn ich werde Sie für dieses Verbrechen bis ans Ende der Welt verfolgen. Sie, Thatcher Emery, sind ein Feigling und ein Mörder. Fliehen Sie jetzt, ohne sich an diesen Palast oder Janes liebliches Lächeln zu erinnern. Erinnern Sie sich bis ans Ende Ihres Lebens nur an Janes Schreie."

Marcello bedeutete Carlo, den Gefangenen zu befreien, und sobald dieser losgebunden war, starrte er sie nur verständnislos an. Emery erkannte sie nicht.

Marcello zeigte zur Tür, und der Pastor rannte hinaus. Er würde nie wieder zurückkommen.

Als seine Schritte im Gang verklungen waren, fragte Carlo: „Und Jane? Ist sie –?"

„Sie wird als Vampir erwachen."

„Wie wird sie es aufnehmen?"

„Es wird anfangs schwer sein. Doch sie hat meine Liebe."

„Dann hat sie alles, was sie je brauchen wird", sagte Carlo.

# 17

Jane öffnete ihre Augen. Das Erste, was sie sah, war Kerzenlicht. Die Kerzen standen nicht nur auf den Tischchen zu beiden Seiten des Bettes, in dem sie sich jetzt aufsetzte, sondern auch auf dem Kaminsims gegenüber. Sie erkannte den Raum sofort. Es war Marcellos Schlafgemach. Sofort drehte sie sich zur Seite und blickte neben sich, doch Marcello lag nicht im Bett mit ihr. Sonderbarerweise spürte sie jedoch, dass er nicht weit entfernt war. Allerdings wusste sie nicht, woher dieses Wissen stammte.

Kühle Luft wehte gegen ihren Oberkörper

und sie wurde sich nun bewusst, dass sie nackt war. Jemand musste sie ausgezogen haben. Sie sah an sich hinab und bemerkte eine Wunde auf ihrer Brust. Auf einmal erinnerte sie sich an den Schmerz, der sie durchfahren hatte. Etwas war in sie eingedrungen, eine Kugel. Sie konnte immer noch das Blut riechen, das aus ihrem Körper gesickert war.

Ihr Gemahl hatte auf sie geschossen.

Sie presste die Hand auf ihre Brust und keuchte.

„Die Wunde wird binnen weniger Stunden ganz verheilen."

Beim Klang der bekannten Stimme wirbelte Jane ihren Kopf in die Richtung, aus der sie gekommen war. Dort, im Dunkeln in einer Ecke, saß Marcello auf einem Sessel. Er erhob sich jetzt und trat ins Licht der Kerzen. Sein Gesicht war makellos. Die Brandwunden waren geheilt. Er lebte.

Aber würde das nicht bedeuten, dass auch sie lebte? Oder waren sie beide tot?

„Marcello ..." Sie beobachtete, wie er näherkam. „Hat er uns beide ermordet?"

Lächelnd setzte Marcello sich auf die

Bettkante und strich ihr mit den Fingern über die Wange. „Er hat es versucht. Doch er hatte keinen Erfolg.“ Dann nahm er ihre Hand und drückte sie. „Er war ein guter Schütze. Du wärst gestorben, hätte ich dich nicht …“ Er zögerte.

„… verwandelt, nicht wahr?“ Sie wusste es instinktiv, denn sie konnte es spüren. Konnte fühlen, wie ihre Sinne jetzt viel schärfer waren, wie sie alles viel intensiver roch, sah und spürte. So wie sie jedes winzige Haar auf Marcellos Hand spüren konnte. Und wie sie seinen Herzschlag hörte, das Blut in seinen Adern rauschen spürte.

„Ja, du bist wie ich nun ein Geschöpf der Nacht. Abhängig von menschlichem Blut“, bestätigte er.

„Ich fühle mich voller Energie. Voller Kraft.“ Sie ließ ihre Hand auf seinen Schenkel gleiten und langsam zu seinem Schritt wandern. „Und voller Begierde.“

„Begierde?“ Er umklammerte ihr Handgelenk. „Jane, willst du nicht erst mehr über dein neues Leben erfahren? Was du tun musst, wie du leben musst?“

Sie schüttelte ihren Kopf. „Du wirst mich lehren. Später. Jetzt möchte ich von dir geliebt werden. Mir ist, als hättest du mich monatelang nicht berührt. Wie lange war ich bewusstlos?“

Er lachte leise. „Nur ein paar Stunden.“

„Und Thatcher? Was hast du mit ihm gemacht?“

„Ihn bestraft.“

„Ist er tot?“ Sonderbar, dass sie bei diesem Gedanken nichts empfand.

Marcello schüttelte den Kopf. „Viel schlimmer. Er wird für immer auf der Flucht sein, weil ich ihm Gedanken in den Kopf gesetzt habe, die ihn glauben lassen, dass ich ihn bis ans Ende der Welt verfolge, um deinen Tod zu rächen.“

„Er glaubt, ich bin tot?“

„Das war das Beste unter diesen Umständen. Er wird nicht mehr nach dir suchen.“

„Gut. Dann ist alles geregelt.“

Sie legte ihre Hand über Marcellos Erektion, die unter dem Stoff seiner Hose eine riesige Beule machte. „Du willst mich also immer noch."

„Mehr als du dir vorstellen kannst."

„Worauf wartest du dann?"

„Willst du nicht erst Blut trinken? Du musst am Verdursten sein; jedem neugeborenen Vampir verlangt es zuerst nach Blut."

Sie konnte den Hunger auf Blut spüren, doch noch viel mehr brauchte sie Marcellos Berührung. Und vielleicht konnte sie ja eines mit dem anderen verbinden.

Unwillkürlich spürte sie, wie sich ihre Fänge ausfuhren. Sie berührte eine Spitze und keuchte. So scharf. Ihr Blick driftete zu Marcellos Hals und sie sah seine Halsschlagader dort pulsieren.

„Jane …", murmelte er.

Sie hob ihren Blick zu seinem Gesicht. Verlangen begrüßte sie dort.

„Da gibt es etwas, das du wissen solltest", sagte Marcello plötzlich. „Vampire … wenn sie sich lieben, dann beißen sie einander während des Liebesaktes. Es ist natürlich … und macht den Höhepunkt noch atemberaubender."

Sie spürte, wie ihre Nippel sich bei dem

Gedanken sofort verhärteten, und anscheinend sah Marcello es auch, denn sein Blick senkte sich auf ihre Brüste.

„Zieh dich aus, bevor ich dir die Kleidung vom Leib reiße“, forderte sie, bevor sie noch wusste, was sie sagen wollte. War das die Vampirin in ihr, die da sprach? Egal, denn sie musste jetzt ihrem Verlangen folgen.

Marcello erhob sich sofort, und schneller, als sie dachte, dass es möglich war, entkleidete er sich, warf die Kleidung achtlos zu Boden.

„Leg dich auf das Bett“, befahl sie.

Er sah sie erstaunt an, doch kam ihrer Bitte nach. Als er endlich auf dem Bett lag, stieg sie mit gespreizten Beinen über ihn. „Ich werde dich jetzt reiten, wie ich einen Hengst reiten würde.“

Warum sie bei ihren schamlosen Worten keine Beschämung verspürte, wusste sie nicht. Stattdessen spürte sie, wie ihr Geschlecht feucht wurde und ihre Perle zu pochen begann.

„Dann lass mich dein Hengst sein.“ Er nahm seinen Schwanz in die Hand und zog ein paar Mal hart daran. „Ich hoffe, dass ich deinen Erwartungen auch entsprechen werde und du deinen Ritt genießen wirst.“

Er packte sie an den Hüften und zog sie unerwartet schnell auf seinen Schwanz, spießte sie praktisch damit auf, bevor sie überhaupt reagieren konnte.

„Oh!“, rief sie aus, als sie seine Erektion in ihr Geschlecht eindringen spürte.

Marcello grinste selbstzufrieden. „Manchmal macht der Hengst, was er will, und der Reiter muss sich einfach festhalten, um nicht abgeworfen zu werden.“ Damit stieß er seinen Schwanz noch tiefer und noch härter in sie.

Doch dieses Mal war sie darauf vorbereitet. „Dann muss ich meinen Hengst wohl zähmen.“

Sie packte seine Arme und brachte sie zu beiden Seiten seines Kopfes auf dem Kissen zu liegen, wo sie sie festhielt, überrascht wie einfach es war. Sie war nun so viel stärker, genauso stark wie er. Dann beugte sie sich zu ihm und leckte über seinen Hals. Marcello stöhnte auf und drehte seinen Kopf zur Seite, bot ihr somit seinen Hals an.

„Nimm mich“, bat er. „Ich gehöre dir, so wie du mir gehörst.“

Die Worte brachten ihr Herz zum Donnern und ihre Fänge zum Jucken. Sie strich sie langsam gegen seine Haut, bevor sie die Spitzen in seinen Hals schlug und sie tief versenkte.

Augenblicke später sog sie an seiner Vene und kostete das süße Blut, das ihren Mund füllte. Der Geschmack erzeugte noch mehr Hunger und sie trank mehr, während sich Marcello unter ihr zu bewegen begann. Seine Hüften drängten sich ihr entgegen und sie hieß seine Stöße willkommen, genoss es, wie sein Schwanz sie füllte und ihr Empfindungen entrang, die noch intensiver waren als die, die Marcello ihr bisher geschenkt hatte.

Mit jeder Minute ihres Liebespiels ertrank sie immer mehr in einem Sinnesrausch, aus dem es kein Entrinnen zu geben schien.

Sie war ein Vampir, ihre Sinne viel intensiver, viel aufnahmefähiger als zuvor. Erst jetzt spürte sie, was körperliche Liebe bewirken konnte. Doch es war nicht nur körperliche Liebe, die sie jetzt in die höchsten

Ebenen sandte, es war die Liebe, die sie in ihrem Herzen hatte, die sie nun wahres Glück verspüren ließ. Die Liebe für Marcello.

Sie nahm ihre Fänge aus seinem Hals. „Ich liebe dich."

„Auf immer und ewig", antwortete er und rollte sie herum, sodass sie nun unter ihm lag. „Jetzt lass deinen Hengst dich besteigen und dir zeigen, wozu er fähig ist."

---

# Über die Autorin

Tina Folsom ist gebürtige Deutsche und lebt schon seit über 25 Jahren im englischsprachigen Ausland, seit 2001 in Kalifornien, wo sie mit einem Amerikaner verheiratet ist.

Mittlerweile hat sie 50 Bücher in Englisch sowie Dutzende in anderen Sprachen herausgegeben.

https://tinawritesromance.com/deutscheleser/
tina@tinawritesromance.com

facebook.com/TinaFolsomFans
instagram.com/authortinafolsom
youtube.com/TinaFolsomAuthor

Zeitfracht Medien GmbH
Ferdinand-Jühlke-Straße 7
99095 Erfurt, Deutschland
produktsicherheit@kolibri360.de